瑞蘭國際

瑞蘭國際

 瑞蘭國際

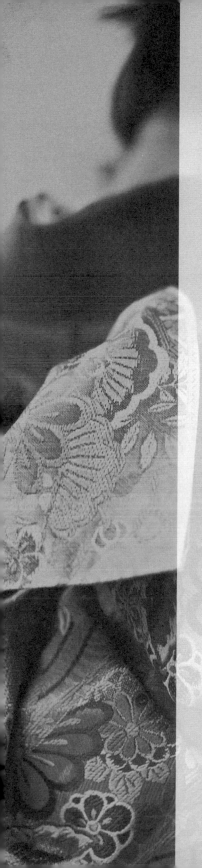
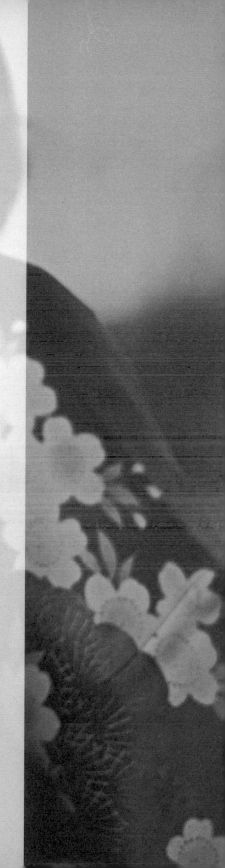

每天讀一點日文：

名記者筆下的日本

秋山信・林潔珏・王愿琦 著

こんどうともこ 審訂

享受閱讀的況味，了解瞬息萬變的日本

生活中處處可見日本的影子，不管身在哪個角落，吃的日式美食、商家擺放的招財貓、讓人欲罷不能的日劇、架上最新的藥妝產品、陪伴我們一起長大的動漫及周邊商品，一休假就想買了機票飛去日本泡溫泉……。但日本究竟是個什麼樣的國家？是怎麼影響著我們的生活？好像又不是三言兩語就能歸納起來的。説起來汗顏，認真細思後，發現對日本的了解，竟然如此不足。

於是我們籌劃著，一本由日本人撰寫、100%表現日本的書；一本翻譯最精準的書，不會抹煞了作者的洗鍊文筆；一本沒有學術報告的艱澀觀點，讓想要了解日本的讀者都能接受、閱讀的書；一本寫實呈現日本社會現況、縱覽日本全貌的書。

成就一本書的過程是如此繁瑣，從構思、執行到完成竟耗時經年。本書由日本資深記者執筆撰寫，將日本現代社會各個面向濃縮在36篇文章中，並由曾長居日本的權威翻譯，翻譯過程中幾經討論與思量，字字斟酌，將日文翻譯為相對應的中文，以「信」、「達」為宗旨，接近日文語感，並盡力兼顧文學性的「雅」。最後加上日本解析專欄，深入新聞事件的背景，讓讀者從政經文教到體

育娛樂，了解瞬息萬變的日本。而在文字之外，我們加入了大量的第一手照片，將日本的生活樣貌，完整呈現在讀者眼前。

　　有別於傳統日語書的「教」與「學」，這是一本「読める！分かる！楽しい！」（能讀！會懂！充滿樂趣！）的書，能讓讀者享受閱讀的況味，同時了解日本，了解這個與我們息息相關的鄰居。

瑞蘭國際出版　副總編輯

呂依臻

如何使用本書

五輪誘致、主要プラン固まる

2016年の夏季五輪開催を目指す東京の招致委員会は2009年2月12日、国際オリンピック委員会（IOC）に開催計画をまとめた立候補ファイルを提出した。計画では、理念に「平和に貢献する 世界を結ぶオリンピック・パラリンピック」を掲げ、都心部に競技施設を集め、既存施設を活用するとしている。また、最先端の技術を駆使して二酸化炭素の削減に努めるなど環境に配慮している点も強調している。

主要施設のうちメインスタジアムは、中央区晴海に10万人規模のオリンピックスタジアムを新設する。一方、全34競技会場のうち約7割の23施設は既存の施設を活用する。設備投資の予算は、新設で2,384億円、既存施設の改修で932億円をそれぞれ見込んでいる。大会組織委員会の予算は3,100億円。五輪開催に伴う経済波及効果を、東京都内で1兆5,500億円、全国では2兆9,400億円と試算している。

16年の夏季五輪の開催については、東京を含めて計4都市が立候補ファイルを提出した。開催都市は2009年10月2日、コペンハーゲン（デンマーク）で開かれるIOC総会で決まる。

五輪 ⓪ 名 原為近代奧林匹大會的會旗上代表五大洲的五環，在此引申為奧林匹克運動會
誘致 ⓪ 名 （對人或公司）積極招攬或招聘
固まる ⓪ 動 凝固、聚在一起、鞏固、穩定
招致 ⓪ 名 招攬、招聘
立候補 ③ 名 候選人、候選城市
オリンピック・パラリンピック ④・⑤ 名 奧林匹克運動會、帕拉林匹克運動會。「オリンピック」原文為「Olympics」，全名為「奧林匹克運動

會」。「パラリンピック」原文為「Paralympics」，全名為「帕拉林匹克運動會」。
掲げ 動 電腦。原形為「掲げる」，意為「懸掛、高舉、揭示、刊登」。
駆使して 動 靈活操作。原形為「駆使する」，意為「驅使、運用自如」。
配慮している 動 關懷者。原形為「配慮する」，意為「關懷、照顧」。
見込んでいる 動 估算。原形為「見込む」 ⓪ ② ，意為「期待、相信、估算在內、町上、總住」。

＊閱讀36篇日本名記者所撰寫的專文，從不同主題切入，反映了日本社會現勢。洗鍊的文筆，鞭辟入裡的分析，將日本全貌帶到您眼前。

＊漢字加註標音，幫助閱讀與學習。

＊精選關鍵注釋，掌握文章的精髓及要旨。

⓪ ① ② ③ ④ ⑤ 表日文重音

名 動 副 イ形 ナ形 連語 連體 接尾 造語 表日文詞性

積極爭取申辦奧運，主要計劃底定

以舉辦2016年夏季奧運為目標之東京申辦奧運委員會，2009年2月12日向國際奧林匹克委員會（IOC）提出了整合籌辦計劃的候選城市檔案。在計劃中，揭櫫「貢獻和平　連結世界的奧林匹克運動會・帕拉林匹克運動會」理念，規劃將比賽設施集中於都心，並活用既有之設施。此外，也強調將運用最尖端之技術，致力於減少二氧化碳等關懷環境之要點。

主要設施中的主競技場，乃新建於中央區晴海，可容納10萬人的奧林匹克競技場。另一方面，全部34個競技會場當中，大約有7成，也就是23個設施，乃活用既有之設施。而投資設備的預算，分別預估新建設為2,384億日圓，改建原有設施為932億日圓。大會組織委員會的預算，則為3,100億日圓。試算伴隨舉辦奧運之經濟相關效益，東京都內為1兆5,500億日圓，全國為2兆9,400億日圓。

有關2016年夏季奧運的舉辦，包含東京，合計共有4個都市提出候選城市檔案。而舉辦的都市，於2009年10月2日，由在哥本哈根（丹麥）召開的IOC總會決定。

▶ 2012年落成啟用的東京晴空塔。日本申辦2016年奧運雖然以落選告終，但仍不屈不撓再度角逐2020年奧運舉辦國。

＊由日本權威翻譯，文筆貼近原文語感，幫助理解文章結構。

＊名家專欄特稿解讀日本，深入新聞事件的背景，更加了解日本。

＊第一手的新聞照片，更貼近日本生活。

解讀日本

日本人口減少的危機

雖然日本的總人口有1億2,000多萬人，且高居世界排行第10，但根據日本官方的調查，日本少子化與高齡化問題已相當嚴重，就人口構成來說，目前超過65歲的高齡者已接近20%，而16歲到64歲的勞動人口卻跌破6成。再加上近年來戰後嬰兒潮出生的人口開始退休，勞動力減少、被扶養人口增多，養老金、

▲ 唯有積極推動各種獎勵生育的措施，才是解決少子化和高齡化的不二法門。

高齡者醫療費等福利體系的負擔勢必更加沉重。此外，從經濟的供需來看，消費市場一定會隨著人口減少而縮小，產業勢必無法維持現有的規模。

日本人少子化，多肇因於結婚年齡不斷延後，以及不結婚、婚後不生育人口的增加。為解決這個問題，日本政府已相繼展開各項優惠或保障措施來提高婦女生育的意願，如提高生產補助金、發放育兒津貼等。的確，要彌補勞動力的不足，遏止少子化才是治本唯一途徑。

如何使用本書

スポーツ 體育

経 済 經濟

▲ 東京巨蛋是日本職棒東京讀賣巨人隊的主場地，可容納5萬多人觀戰。

▲ 由於未婚率升高以及婚育年齡遞延，日本已面臨嚴重的少子高齡化。

▶ 日本仍有許多建築採用木造，因此對於
「防火」的要求也就特別受到重視。

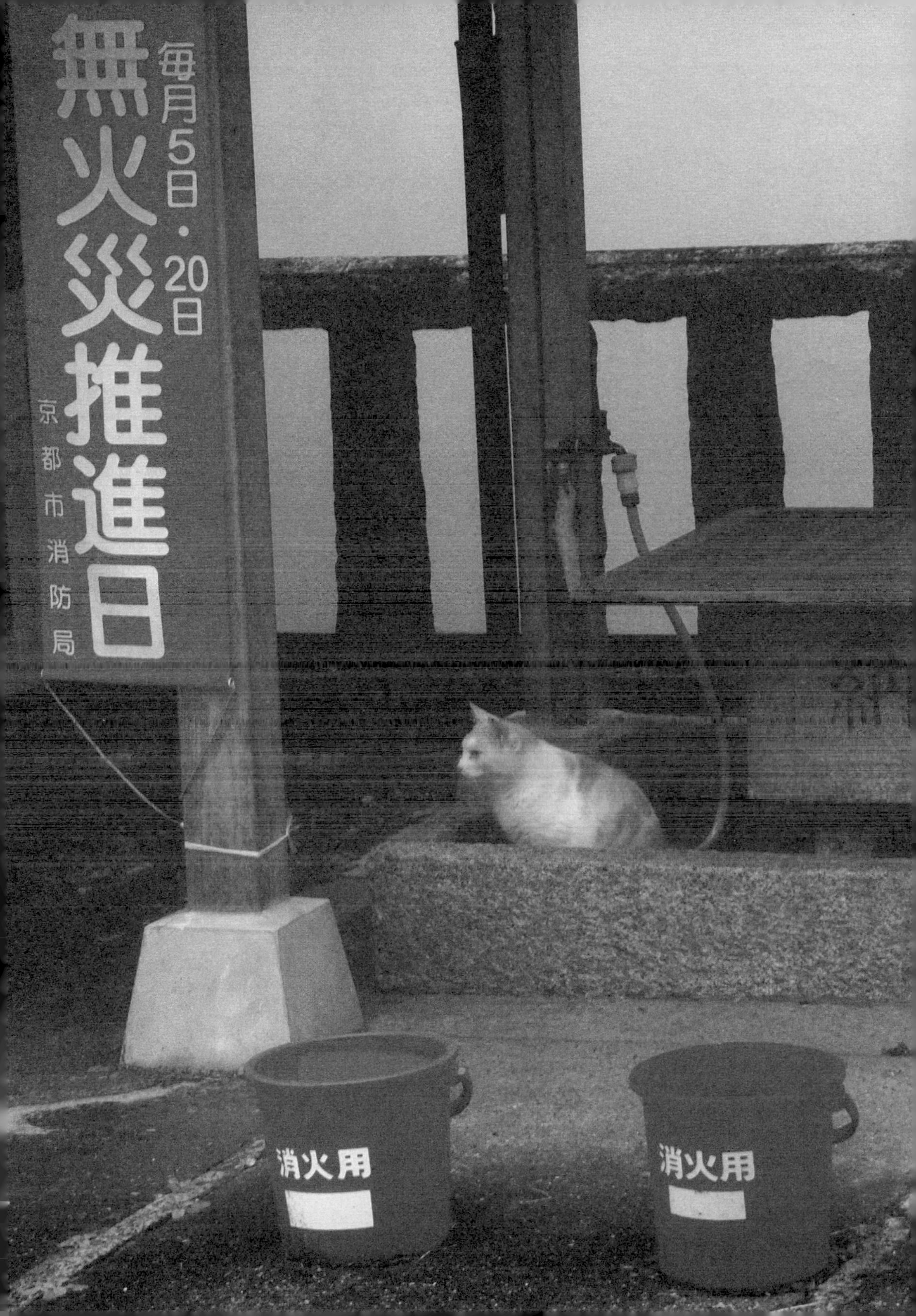
無火災推進日
毎月5日・20日
京都市消防局
消火用
消火用

▲「茶道」是日本非常受歡迎的和式技藝，追求反璞歸真、領悟禪意的真諦。

▲ 穿著傳統服飾、在神社舉辦儀式的「和婚」，幸福之外更洋溢著民族風情。

◀ 2011年日本的年度票選漢字是「絆」，代表民族、團體之中的凝聚力。2012年的年度漢字則是「金」，除了代表各種榮譽的金牌之外，也含有政經界與金錢相關的負面隱喻。

▲ 精益求精、自我要求嚴格的「職人質」，正是使日本產品享譽國際的推手。

▲ 從很久以前日本人就知道以溫泉來養傷治病，但僅限於達官顯貴，一直到進入江戶時代之後，才漸漸普及至一般民眾。

▲ 新鮮雞蛋從產地直送廚房，吃得安心又健康。

▲ 東京車站

五輪誘致、主要プラン固まる

積極爭取申辦奧運，主要計劃底定

2016年夏季奧運主辦城市歷經競爭，由巴西的里約熱內盧雀屏中選。
東京同為候選城市，再度舉辦奧運的夢想成了泡影。

五輪誘致、主要プラン固まる

　2016年の夏季五輪開催を目指す東京の招致委員会は2009年2月12日、国際オリンピック委員会（IOC）に開催計画をまとめた立候補ファイルを提出した。計画では、理念に「平和に貢献する　世界を結ぶオリンピック・パラリンピック」を掲げ、都心部に競技施設を集め、既存施設を活用するとしている。また、最先端の技術を駆使して二酸化炭素の削減に努めるなど環境に配慮している点も強調している。

　主要施設のうちメインスタジアムは、中央区晴海に10万人規模のオリンピックスタジアムを新設する。一方、全34競技会場

五輪 ⓪ 名　原為近代奧林匹克大會的會旗上代表五大洲的五環，在此引申為奧林匹克運動會。

誘致 ① 名　（對人或公司）積極招攬或招聘

固まる ⓪ 動　凝固、聚在一起、鞏固、穩定

招致 ① 名　招攬、招聘

立候補 ③ 名　候選人、候選城市

オリンピック・パラリンピック ④・⑤ 名　奧林匹克運動會・帕拉林匹克運動會。「オリンピック」原文為「Olympics」，全名為「奧林匹克運動

のうち約7割の23施設は既存の施設を活用する。設備投資の予算は、新設で2,384億円、既存施設の改修で932億円をそれぞれ見込んでいる。大会組織委員会の予算は3,100億円。五輪開催に伴う経済波及効果を、東京都内で1兆5,500億円、全国では2兆9,400億円と試算している。

　　16年の夏季五輪の開催については、東京を含めて計4都市が立候補ファイルを提出した。開催都市は2009年10月2日、コペンハーゲン（デンマーク）で開かれるIOC総会で決まる。

會」。「パラリンピック」原文為「Paralympics」，全名為「帕拉林匹克運動」。

掲げ 動 掲櫫。原形為「掲げる」⓪，意為「懸掛、高舉、揭示、刊登」。

駆使して 動 靈活操作。原形為「駆使する」①，意為「驅使、運用自如」。

配慮している 動 關懷著。原形為「配慮する」①，意為「關懷、照顧」。

見込んでいる 動 估算。原形為「見込む」⓪②，意為「期待、相信、估算在內、盯上、纏住」。

積極爭取申辦奧運，主要計劃底定

以舉辦2016年夏季奧運為目標之東京申辦奧運委員會，2009年2月12日向國際奧林匹克委員會（IOC）提出了整合籌辦計劃的候選城市檔案。在計劃中，揭櫫「貢獻和平 連結世界的奧林匹克運動會‧帕拉林匹克運動會」理念，規劃將比賽設施集中於都心，並活用既有之設施。此外，也強調將運用最尖端之技術，致力於減少二氧化碳等關懷環境之要點。

主要設施中的主競技場，乃新建於中央區晴海，可容納10萬人的奧林匹克競技場。另一方面，全部34個競技會場當中，大約有7成，也就是23個設施，乃活用既有之設施。而投資設備的預算，分別預估新建設為2,384億日圓、改建原有設施為932億日圓。大會組織委員會的預算，則為3,100億日圓。試算伴隨舉辦奧運之經濟相關效益，東京都內為1兆5,500億日圓，全國為2兆9,400億日圓。

有關2016年夏季奧運的舉辦，包含東京，合計共有4個都市提出候選城市檔案。而舉辦的都市，於2009年10月2日，由在哥本哈根（丹麥）召開的IOC總會決定。

▶ 2012年落成啟用的東京晴空塔。日本申辦2016年奧運雖然以落選告終，但仍不屈不撓再度角逐2020年奧運舉辦國。

日本奧運主辦權爭奪史

　　2016年、第31屆夏季奧運主辦城市歷經三輪熾烈的競爭，結果由巴西的里約熱內盧雀屏中選。同為候選城市的東京，舊地再度舉辦睽違52年的奧運夢想便成了泡影。

　　主辦奧運，絕對有助於主辦國在國際地位的提升，同時也能刺激國內景氣，再加上1984年後奧運開放廣告贊助，莫大的經濟效益無庸置疑，也因此主辦權變得炙手可熱。

　　過去，日本雖成功的取得了1964年夏季奧運（東京）、1972年冬季奧運（札幌）、1992年冬季奧運（長野）的主辦權，但也有數次落選的經驗。例如1984年南斯拉夫塞拉耶佛冬季奧運的札幌、1988年首爾夏季奧運的名古屋、2008年北京夏季奧運的大阪。雖然此次東京落選，相信日本一定鍥而不捨，再接再厲下去。

◀ 申辦2020年奧運，以「復興」、「感恩」為訴求，藉由奧運向世界展現海嘯與核災浩劫後重生的力量。

入門ランナー増殖中。走って、健康増進！

入門跑者增加中。跑！增進健康！

馬拉松是不分男女老少都能做的簡單運動，可以解決運動不足甚至減肥，
近年來人氣逐漸攀升，相當受到歡迎。

入門ランナー増殖中。走って、健康増進！

「適度な運動」は人によって様々だ。テニス、ゴルフなどのスポーツを楽しむ人もいれば、フィットネスクラブに通って水中ウォーキングやマシントレーニングに精を出す人もいる。中でも、ここ数年じわじわと人気が上昇しているのがマラソンだ。

人気の理由は2007年に始まった東京マラソンの影響や健康志向の高まりだ。また、マラソンは老若男女を問わずできる手軽なスポーツとして、運動不足の解消やダイエット目的などで根強い人気もある。最近では、マラソンは距離やタイムなど、目標に向かってトレーニングをするために、精神面も同時に鍛えられるということから、人気は高まる一方だ。

ランナー ① 名 跑者。原文為「runner」。

走って 動 跑。原形為「走る」②，意為「跑、行駛、文筆流暢」。

精 ① 名 精力。「精を出す」意為「努力」。

じわじわ ① 副 慢慢地、一步一步地

老若男女 ⑤ 名 男女老少

　ブームの火付け役となった東京マラソンの定員数は3万人。

応募者は2007年は9万5,044人で抽選倍率3.2倍だったのが、

2008年の応募者は64％増の15万6,112人で倍率は5.2倍、2009

年はさらに増えて26万1,981人となり、倍率は7.2倍にもなって

いる。空前のマラソンブームはまだまだ続きそうだ。

手軽 ⓪ ナ形 簡便、輕易

根強い ③ イ形 根深蒂固的、不易動搖的、頑強的

鍛えられる 動 被鍛鍊。原形為「鍛える」③，意為「鍛鍊、鍛造」。

火付け ⓪③ 名 點火、縱火（的人）

倍率 ⓪ 名 倍率、放大率、競爭率

入門跑者增加中。跑！增進健康！

「適度的運動」是因人而異的。如果有享受網球、高爾夫等運動樂趣的人，那麼就會有上健身中心，致力於水中有氧，或者是用健身器材鍛鍊身體的人。其中，還有最近這幾年人氣一步一步上升中的馬拉松。

受歡迎的理由，乃受到始於2007年的東京馬拉松的影響，以及健康取向的高漲。此外，也由於馬拉松是不分男女老少誰都能做的簡單的運動，可以解決運動不足或是用來減肥等，所以有著不可動搖的人氣。最近，由於馬拉松在距離或者是時間等，可以朝著目標進行訓練，所以在精神層面上，也同時受到鍛鍊，因此人氣更是高漲。

點燃熱潮的東京馬拉松的定額人數是3萬人。報名者在2007年是9萬5,044人，抽籤的競爭率是3.2倍，但是2008年的報名者增加了64％，是15萬6,112人，競爭率為5.2倍，到了2009年，更增加到26萬1,981人，競爭率也變成7.2倍。盛況空前的馬拉松熱潮，似乎仍然持續中。

▶ 馬拉松是日漸受歡迎的運動，除了身體的鍛鍊之外，也能訓練堅持到底的精神。

東京馬拉松大賽

規模高居亞洲之冠的東京馬拉松大賽創始於2007年，分為42.195公里的全程馬拉松賽程與10公里賽程兩部份，前者只要年滿19歲、後者滿16歲，不論是競技選手、一般國民、外國人皆可參加，這不僅是一項民眾參與的盛會，也是喜好馬拉松人士大顯身手的舞台。

▲ 東京馬拉松大賽的所經之處幾乎都是引人入勝的觀光名所。

　　兩賽程的起點均為西新宿的東京都廳，途經飯田橋、皇居，日比谷公園為10公里賽程的終點。全程馬拉松則繼續通過銀座、日本橋、淺草雷門、築地等知名景點，臨海副都心的東京Big Site為終點。行經的路徑有充滿歷史氣息的街景、活力十足的繁華市區、現代嶄新的新開發地，正象徵著東京的過去、現代與未來，路徑豐富多采，這也是東京馬拉松的迷人之處。儘管抽籤後，能出場的只有3萬5,000人，但報名人數依然年年扶搖直上，2011年報名人數還衝破了33萬，可見東京馬拉松的吸引力的確不同凡響。

ゴルフはオジサンのスポーツ？！
今、若い人の間でゴルフがおしゃれ！

高爾夫是大叔的運動？！現在，年輕人間，高爾夫很時尚！

由於石川遼，以及宮里藍、上田桃子這些年輕職業高爾夫球員的抬頭，
高爾夫在年輕世代間，被當成時尚的運動而備受矚目。

ゴルフはオジサンのスポーツ？！
今、若い人の間でゴルフがおしゃれ！

　ゴルフといえば、「オジサンのスポーツ」、「仕事の接待のためのスポーツ」といったイメージも強いが、世界全体を覆い尽くす経済危機の影響で"接待ゴルフ"は激減し、ゴルフ好きのお父さんたちの間でも、お小遣いに余裕がなくなりゴルフ場通いを泣く泣くやめるケースも出てきている。

　一方で、石川遼や宮里藍、上田桃子といった若手プロゴルファーの台頭で、若い世代の間でオシャレなスポーツとしてゴルフが注目されてきている。深夜のテレビ放送でも若者向けのゴルフ番組が人気を博している。中でも特に若い女性の間でのゴルフ人気が高いという。

❖❖

接待 ❶ 名 接待、招待

イメージ ❷❶ 名 印象、形象

覆い尽くす ❺ 動 完全覆蓋

お小遣い ❸❷ 名 零用錢

泣く泣く ❿ 副 邊哭邊做某事、強忍淚水

広々とした緑の中で一日たっぷり楽しめ、かつオシャレで少し大人の気分になれるスポーツ。仕事でもプライベートでも、「ゴルフ、始めたの？　今度、一緒に行こうよ！」と、出会いや付き合いが広がるのも大きな魅力だという。

台頭 ⓪ 名　抬頭、興起

博している 動　正博得。原形為「博する」③，意為「博得、取得」。

広々 ③ 副　遼闊、廣闊

プライベート ④②名　私人的、個人的、非公開的。原文為「private」。

出会い ⓪ 名　碰見、邂逅、約會、交往、與對手交鋒

高爾夫是大叔的運動？！
現在，年輕人間，高爾夫很時尚！

提到高爾夫，給人「那是大叔的運動」、「那是為了工作招待的運動」這樣子的印象很強烈，但受到籠罩全世界的經濟危機的影響，不但「招待的高爾夫」銳減，連喜歡高爾夫的爸爸們間，也出現因為零用錢不寬裕，只好心不甘、情不願地放棄上高爾夫球場的情況。

另一方面，由於石川遼，以及宮里藍、上田桃子這些年輕職業高爾夫球員的抬頭，高爾夫在年輕世代間，被當成時尚的運動而備受矚目。連在深夜電視台的轉播，那些針對年輕人的高爾夫節目也博得人氣。據說其中，尤其是年輕女性間，高爾夫最受歡迎。

可以在廣闊的綠地中盡情享受一整天，而且還是時尚又有成熟感的運動。不管是工作或是私人活動，「高爾夫，開始打了嗎？ 下次，一起去吧！」——據說可以拓展交往或交際，也是它巨大魅力之所在。

▲ 對許多日本人來説，週末參加公司的高爾夫球敘，不只是單純的
運動，也是一種另類的商務交流。

重振頹勢、引領風潮的日本高爾夫球新星

日本高爾夫球史上，到目前為止，共有三次熱潮。第一次是在70年代前半，第二次是在泡沫經濟尖峰期的80年代後半。而目前仍進行中的第三次熱潮，則始於2004年「宮里藍（<ruby>宮<rt>みや</rt></ruby><ruby>里<rt>ざと</rt></ruby><ruby>藍<rt>あい</rt></ruby>）」的崛起。當時這位年僅19歲的少女，除了拿下當年女子公開賽的冠軍，獎金總額更是突破1億日圓，並榮獲該年日本職業運動大賞的新人賞。她的活躍不僅牽動了不少後繼的新星，也為長期低迷的高爾夫球界，投入一道曙光。

▲ 隨著高爾夫球熱潮的掀起，有不少原本對高爾夫球運動沒興趣的人開始投入這個運動。

而被稱為「害羞王子」的「石川遼（<ruby>石<rt>いし</rt></ruby><ruby>川<rt>かわ</rt></ruby><ruby>遼<rt>りょう</rt></ruby>）」更是功不可沒。在2007年，未滿16歲、還是業餘選手的他，竟達成高爾夫球史上最年輕冠軍、最年輕獎金突破一億日圓記錄保持人的壯舉。雖然他驚人的實力吸引了世界的矚目，但外表「殺很大」的魅力與對服飾獨特的品味，更是吸引了難以數計原本對高爾夫球沒興趣的粉絲，其影響力可說是不同凡響。

▲ 前橫綱貴乃花（場中站立者）

もう待ったなし！
今こそ日本人名力士が必要

已經不能再等了！現在正是需要日本人知名力士的時候

近年來日本相撲界可說是禍不單行，整個相撲界黯然失色不少。

若不培養品德實力兼備的力士，勢必無法遏止目前的頹勢。

もう待ったなし。
今こそ日本人名力士が必要

　　相撲の人気に名力士は欠かせない存在である。そして、名力士は多くの名勝負でファンを魅了する存在でもある。

　　昭和の戦前期を代表する名力士といえば双葉山だろう。昭和11年春場所から始まった連勝は69連勝を記録した。戦後の黄金時代は、昭和30年代、栃錦と初代若乃花が活躍した「栃若時代」だ。両横綱の技の対決は、全国の茶の間を沸かせた。その後は大鵬、柏戸の「柏鵬時代」で、昭和30年代後半から40年代前半まで続いた。昭和50年代は輪島と北の湖の「輪湖時代」が相撲人気を支えた。近年で最も記憶に新しいのは、三代目若

待ったなし 連語 原為圍棋、將棋、相撲等比賽中，不能叫暫停一事，後引申為「不能再等待了」。

春場所 0 名 春場所。「場所」是相撲比賽的會期、地點。目前日本的相撲，每年有6次「本場所」（正式比賽），分別是1月在東京舉辦的「初場所」、3月在大阪舉辦的「春場所」、5月在東京舉辦的「夏場所」、7月在名古屋舉辦的「名古屋場所」、9月在東京舉辦的「秋場所」、以及11月在福岡舉辦的「九州場所」。

茶の間 0 名 客廳

乃花と二代目貴乃花の兄弟横綱による「若貴時代」であろう。相撲人気が高まるのは、何人かの人気力士がいるか、千代の富士のような、圧倒的強さを誇る名横綱が現れた時である。

　変化の兆しが見られたのは、朝青龍らモンゴル出身力士の台頭である。モンゴル勢は軽量ながら足腰の強さを生かした土俵際の粘りで、客席を沸かせている。しかし、相撲人気の低下傾向には歯止めがかからない。三代目若乃花以降、日本人横綱はずっと不在となっている。今こそ、強い日本人名力士の誕生が期待される。

横綱 0 名 横綱。日本的相撲選手叫做「**力士**」1，最厲害的選手稱之為「**幕内**」0，而幕內依地位高低，又可分為「**横綱**」0、「**大関**」1、「**関脇**」0、「**小結**」2、「**前頭**」3。

誇る 2 動 自豪、誇耀

足腰 3 2 名 腿和腰、下盤

土俵 0 名 相撲比賽的競技場

歯止め 0 3 名 煞車、制止

已經不能再等了！
現在正是需要日本人知名力士的時候

　　相撲要受歡迎，知名力士是不可或缺的存在。而且，知名力士還是用許多名賽風靡了相撲迷的存在。

　　若提到代表昭和戰前時期的知名力士，應該就是雙葉山吧！他從昭和11年春場所開始的連勝，寫下了69連勝的紀錄。戰後的黃金時代，是昭和30年代，栃錦以及初代若乃花活躍的「栃若時代」。二位橫綱的美技的對決，讓全國家庭裡的客廳為之沸騰。之後是大鵬、柏戶的「柏鵬時代」，從昭和30年代後半，持續到40年代前半。昭和50年代，是輪島以及北之湖的「輪湖時代」支撐著相撲的人氣。而近年來最讓人記憶猶新的，是第三代若乃花以及第二代貴乃花這對兄弟橫綱所創造的「若貴時代」吧！相撲之所以人氣高漲，都是有幾位受歡迎的力士，或是像千代富士那樣，以壓倒性的堅強實力而引以為傲的知名橫綱出現之時。

　　被看出變化徵兆的，是朝青龍這些蒙古出身的力士們的崛起。蒙古這股勢力雖然屬於輕量型，但是他們活用強而有力的下盤，在土俵邊界頑強挺立，讓觀眾席為之沸騰。然而，卻仍擋不住相撲人氣低落的傾向。第三代若乃花以後，一直都沒有日本人的橫綱。現在，才正是期待很強的日本人知名力士誕生的時候。

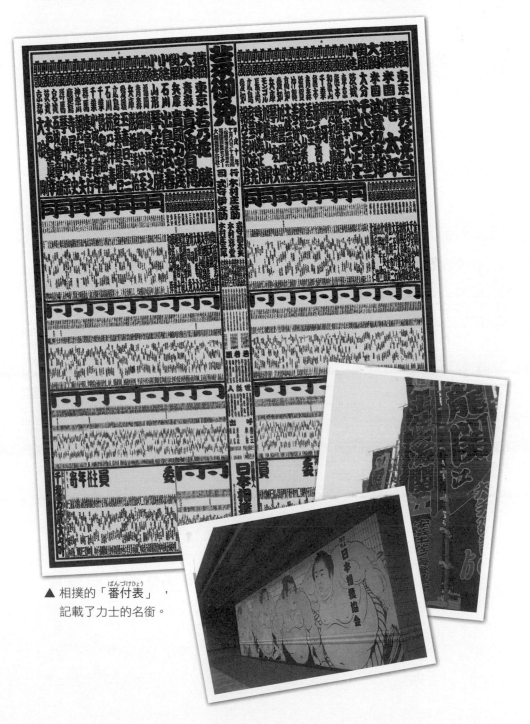

▲ 相撲的「番付表」，
記載了力士的名銜。

屋漏偏逢連夜雨，日本相撲界的危機

「若貴時代」結束後，前橫綱「朝青龍」可說是這幾年來最受矚目的選手，其優勝次數僅次於「大鵬」和「千代の富士」，成績斐然，也為人氣低迷的相撲，注入了新的活力。但他接二連三惹事生非，橫綱品格飽受非議，不僅讓相撲迷又愛又恨，也讓相撲協會傷透腦筋，直到喝酒打人醜聞曝光，才不得不引退。巨星不在，整個相撲界黯然失色不少。

屋漏偏逢連夜雨，近年來日本相撲界可說是禍不單行，年輕力士被凌虐致死、力士吸毒被捕、賭博、和黑道掛鉤等醜聞相繼不斷，其中涉案人還包括指導身分的「親方」（部屋師父），這些醜聞不但使被譽為日本傳統國粹的相撲形象嚴重受損，人氣更是每況愈下，幾乎跌入谷底。

該是相撲界徹底改革的時候了，若不培養品德實力兼備的力士，勢必無法遏止目前的頹勢。

▲ 位於橫濱球場的橫濱DeNA灣星專賣店

地域密着がプロ野球改革の切り札？！

和地區緊密結合，是職棒改革的最後王牌？！

棒球在日本佔有非常重要的地位，可說是僅次於相撲的第二大國技。

不管是央聯或是洋聯，各球團都和主場所在地區加強交流，

利用種種作為與支持者緊密結合。

地域密着がプロ野球改革の切り札？！

　プロ野球改革によって、2007年から始まった上位3球団で
リーグ優勝を決める「クライマックスシリーズ」は、セ・パ交
流戦とあわせてファンにはおおむね好評であり、低迷するプロ
野球人気に効果を上げている。

　こうしたプロ野球改革の試みはパ・リーグから始まることが
多い。これまでも「指名打者制」や「プレーオフ制度」などを
いち早く導入してきた。パ・リーグは過去に八百長でスター選
手が処分された「黒い霧事件」などがあり、その影響で観客動

毎天讀一點日文：名記者筆下的日本

密着 ❶ 名 緊密結合、緊貼

切り札 ❷ 名 王牌、最後的招數

リーグ ❶ 名 同盟、聯盟。原文為「league」。

クライマックスシリーズ ❾ 名 高潮賽。原文為「climax＋series」。日本職
　　棒有「セ・リーグ（セントラル・リーグ的略稱）」（中央聯盟；Central
　　League）和「パ・リーグ（パシフィック・リーグ的略稱）」（太平洋聯
　　盟；Pacific League）二個聯盟。各聯盟在例行賽中的前三名隊伍，才有資
　　格參加各聯盟自己的「高潮賽」。而二個聯盟的高潮賽分別產生出來的冠
　　軍，最後還要再爭奪該年度的日本總冠軍。

員が低迷した。その後も人気が回復することはなく、パ・リーグの球団は常に厳しい経営状況となっている。

最近では、本拠地のある地域との交流を深めたり、徹底したファンサービスを行い、地域のファンを増やすなど、地域密着型のチーム運営を目指している。東北の楽天や九州のソフトバンク、北海道の日本ハムなど、一部地域ではその努力が実を結びはじめている。

セ・パ交流戦 ① 名 中央聯盟、太平洋聯盟交流戰。即中央聯盟、太平洋聯盟互相交手的賽程。

指名打者 ④ 名 指定打擊。棒球比賽中，當打擊順序輪到投手時，專門代替投手出場的打者。

プレーオフ ④ 名 季後賽。原文為「play-off」。原為運動比賽平手或同分時的延長賽。在此為日本職棒二個聯盟的例行賽後，優秀隊伍之間的比賽。

八百長 ⓪ 名 假比賽。指體育比賽雙方事先內定勝負。

黒い霧事件 ⑥ 名 黑霧事件。指日本職棒在1969年到1971年之間因發生的打假球事件引發的騷動。

本拠地 ③ 名 根據地。本文指各球隊主場地。

和地區緊密結合，
是職棒改革的最後王牌？！

因職棒的改革，從2007年開始，由前三名球團來決定聯盟優勝的「高潮賽（Climax Series）」和中央聯盟・太平洋聯盟交流戰合而為一，受到球迷大致上的好評，有效地提升了低迷的職棒人氣。

像這樣的職棒改革的嘗試，以太平洋聯盟開始的居多。截至目前為止，還迅速地導入了「指定打擊」以及「季後賽制度」等。太平洋聯盟過去有因為打假球，導致明星選手受處分的「黑霧事件」等事情，受到那樣的影響，觀眾動員情況低迷。其後人氣依然沒有恢復，太平洋聯盟的球團經常陷入嚴苛的營運狀態。

最近，各球團以和根據地的某些地區加強交流、進行徹底的球迷服務、增加地區的球迷等等——和地區緊密結合型的球隊營運為目標。像東北的樂天，或是九州的軟體銀行、北海道的日本火腿等等，有部分地區，其努力已開始有了成果。

▲ 日本在1950年代確立了現代職棒制度，棒球甚至被譽為相撲之後的第二大國技。

日本職棒入門

棒球在日本佔有非常重要的地位，可說是僅次於相撲的第二大國技。日本職棒雖涵蓋二軍和獨立聯盟，但多指日本棒球機構中央聯盟（央聯）的讀賣巨人、中日龍、阪神虎、廣島東洋鯉魚、東京養樂多燕子、橫濱DeNA灣星，以及太平洋聯盟（洋聯）的埼玉西武獅、福岡軟

▲ 橫濱灣星在2012年正式更名為橫濱DeNA灣星，曾奪得2次日本大賽冠軍，深受在地人的喜愛。

體銀行鷹、大阪歐力士野牛、千葉羅德海洋、北海道日本火腿鬥士、東北樂天金鷹這12支球隊。

為了吸引更多的球迷進球場，除了球季賽之外，洋聯自2004年起開始導入「プレーオフ制度（せいど）」（季後賽制度；球季賽前三名才擁有比賽資格），不僅叫好叫座，季後賽選出的聯盟冠軍，還連奪三年「日本選手権（にほんせんしゅけん）シリーズ」（日本大賽；央聯和洋聯冠軍隊伍的比賽）的總冠軍。有鑑於此，央聯也在2007年導入季後賽制度，爾後統稱為「クライマックスシリーズ」（Climax Series；高潮賽），讓日本職棒更有看頭更是精采。

国際的な生産体制を見直し、
国内製造業の再生を

重新檢視國際化的生產體制，以期國內製造業的重生

泡沫經濟的瓦解，日本製造業開始走下坡，企業大量裁員，
並大幅縮減設備更新或研發的費用；而政府的經濟政策也轉向保守，
讓日本國際競爭力開始走向衰退之路。

国際的な生産体制を見直し、
国内製造業の再生を

　繊維、鉄鋼、自動車、半導体と主役は変わっても、戦後日本の発展の原動力となってきたのは製造業だった。バブル崩壊後の平成不況の中でも、高い国際競争力を維持して日本経済を支えたのも製造業であった。経済産業省等が作成した2008年版『ものづくり白書』も、「わが国の輸出の9割以上が工業製品によるものであり、わが国の輸出はまさに製造業が支えているといえる。わが国が今後とも安定的な発展を図るためには、その根幹をなす製造業の競争力を強化、維持していくことが必要である」と主張している。

見直し 動 重新認識、重新估價。原形為「見直す」０３。

主役 ０ 名 主角

バブル崩壊 １ 名 泡沫經濟崩盤，指泡沫經濟過後的景氣衰退期。

支えた 動 支撐了。原形為「支える」０３，意為「支撐、支持」。

だが、日本経済は国際的地位を低下させている。かつて世界2位だった国民1人当たりGDP（国内総生産）はOECD（経済協力開発機構）加盟30カ国中18位に転落、IMD（国際経営開発研究所）の「国際競争力ランキング」では55カ国中24位となっている。この停滞の原因として指摘されているのが、日本の製造業の競争力低下である。

図る ❷ 動 謀求、圖謀、企圖

根幹 ⓪ 名 根本

なす ❶ 動 構成、形成

指摘されている 動 被指出。原形為「**指摘する**」⓪，意為「指出、指正」。

重新檢視國際化的生產體制，
以期國內製造業的重生

　　纖維、鋼鐵、汽車、半導體，即使主角不斷更換，但是成為戰後日本發展原動力至今的，還是製造業。就算處於泡沫經濟崩盤後的平成不景氣當中，還能維持國際高競爭力以支撐日本經濟的，也是製造業。經濟產業省等製作的2008年版《物品製作白皮書》也主張：「我國有9成以上的輸出仰賴工業製品，我國的輸出誠可說是製造業在支撐著。若我國今後要謀求安定發展，就必須強化構成其根本的製造業的競爭力，並維持下去。」

然而，日本經濟讓日本國際地位低落。曾經是世界第二高的每位國民平均GDP（國民生產毛額），如今在OECD（聯合國經濟合作發展組織）加盟的30個國家中，已掉到第18名；而在IMD（瑞士洛桑管理學院）的「全球競爭力報告」中，則變成55國中的第24名。被指出其停滯原因，就是因為日本製造業的競爭力低落。

▼ 製造業一直是日本在戰後持續發展的原動力。

日本製造業競爭力低下的根源

　　日本製造業在第二次世界大戰結束之後，因致力生產技術與技術開發的提升，不僅躍居亞洲之首，在世界也佔有強勢的地位。但自從進入了1990年代，因泡沫經濟的瓦解，日本製造業開始走下坡，往日雄風已不復見。在經濟不景氣的衝擊下，企業不得不大量裁員，並大幅縮減設備更新或研發的費用，而日本政府的經濟政策也轉向保守，這轉攻為守的姿勢，也讓日本國際競爭力開始走向衰退之路。

　　而真正嚴重打擊日本製造業的則是中國、韓國、台灣等工業新興強國的崛起。這些新興國家，通常可以低廉的成本，做出和日本不相上下的成品，尤其是人力資源充沛的中國，可說是日本製造業最大的威脅。以電子產品為例，在中國設廠的台灣鴻海科技集團，其銷售額甚至凌駕日本東芝，直逼松下和新力。要提升日本國際競爭力，的確是個難題。

◀ 曾在世界占有強勢地位的日本製造業，自泡沫經濟瓦解後便開始走下坡，昔日盛況已不復見。

リストラは企業再生の特効薬？
それとも劇薬？

裁員是企業再生的特效藥？還是猛藥？

「終身雇用制度」，曾締造日本經濟神話，然而在全球性不景氣的衝擊下，
日本企業不得不轉換方針，採取效率至上的經營方式。
但以長遠的眼光來看，輕易裁員對企業和社會都會帶來嚴重的影響。

リストラは企業再生の特効薬？

それとも劇薬？

　日本の企業収益の回復は、本格的な企業競争力の改善によっ
て実現したのではなく、効率至上主義の米国的経営を進めたた
めとも言われている。実際、多くの企業ではリストラによる雇
用調整が行われ、人件費の削減が収益向上に大きく貢献した。
さらに同時期に導入された年俸制や成果主義賃金制度も、結果
としてリストラと同様に人件費の削減に寄与した。

　一方で、米国的経営の導入は、日本企業に深刻なダメージを
与えたとの批判もある。収益回復のために行ったリストラで人
員が減少したり、メンバーが大幅に交替した職場の環境は荒廃

リストラ ❶ 名 解雇、裁員

進めた 動 進行了。原形為「進める」❶，意為「展開、進行」。

年俸制 ❶ 名 年薪制

賃金 ❶ 名 工資

した。さらに、成果賃金制度の導入は従業員の給与格差を拡大させて、従業員間のチームワークや人間関係を破壊したとも言われている。

　日本人は会社への忠誠心が非常に高いといわれていたが、2005年3月に実施された米国ギャラップ社の世論調査では、日本人の仕事への熱意や会社への帰属意識は、世界でも最低のレベルであるとの結果が報告されている。

寄与した 動 貢獻了。原形為「寄与する」❶，意為「有助於、貢獻」。

給与格差 ❹ 名 薪資的差距

世論調査 ❹ 名 民意測驗、輿論調查

熱意 ❶ 名 熱情、熱忱

裁員是企業再生的特效藥？
還是猛藥？

　　有人認為，日本的企業收益之所以能夠恢復，並非憑藉全面改善企業競爭力而得以實現，而是採用了效率至上主義的美國式經營的緣故。實際上，許多企業都進行了利用裁員來調整雇用制度，人事費用的削減，對提升收益有很大的貢獻。甚至，同一時期被引進的年薪制度、或是成果主義工資制度，就結果而言，同樣也和裁員一樣，對削減人事費用有所貢獻。

　　另一方面，也有人批判，美國式經營的引進，對日本企業造成嚴重的傷害。為了恢復收益而進行的裁員，已導致員工減少，以至於成員大幅更換的職場環境就此敗壞。甚至也有人表示，成果工資制度的引進，讓員工的薪資差異擴大，破壞了員工之間的團隊精神或人際關係。

　　雖然日本人被認為對公司的忠誠度非常高，但是在2005年3月所實施的美國Gallup社的輿論調查當中，卻指出日本人對工作的熱情、或是對公司的歸屬感，是世界中最低水平這樣的結果。

▲ 隨時有可能被裁員的上班族對未來可說是充滿了不安。

裁員對日本社會造成的影響

日本長久以來的「終身雇用制度」，曾是締造日本經濟神話的動力，也曾在國際間傳為佳話。因為終身職業受公司保障，員工們就會把公司當作自己的家，並為其終身效忠。

然而在全球性經濟不景氣的衝擊下，再加上與日本企業競爭的強敵相繼出現，日本企業不得不轉換方針，仿效美國效率至上的經營方式。在這艱難的狀況下，裁減員工，減少人事費用，的確是個速效的節流方法，但以長遠的眼光來看，輕易裁員，對企業本身和社會都會帶來嚴重不良的影響。

因為員工隨時有被裁員的可能，便不會全心全意為公司效忠，工作態度和敬業精神也會大打折扣。也因為工作沒保障，人心惶惶，勢必減少支出，以備不測之需。大眾不消費，就會造成通貨緊縮、百業蕭條的衰退現象。大量裁員，雖然能救一時之急，但帶來的惡性循環似乎不能不深思。

人口減少社会の成長戦略とは。
見えてきた人口減コスト

所謂的人口減少的社會成長戰略是？可預見的人口減少成本

日本社會持續趨於少子高齡化，勞動人口不足，
將導致經濟規模縮減、福利負擔加重等深刻的社會問題。

人口減少社会の成長戦略とは。
見えてきた人口減コスト

　2005年から人口減少が始まった日本。国立社会保障・人口問題研究所の調査によると、これからは毎年100万人ペースで減り続け、50年後には人口が9,000万人を割ると予測されている。たとえば、2050年の日本の人口ピラミッドは、64歳以上の高齢者が多く、労働力人口が極端に少ない逆ピラミッド型になっている。また、厚生労働省の調査では「現在の勢いのまま人口減少が進んだ場合、労働力人口は現在の6,600万人から2050年には4,500万人にまで落ち込む」と試算されている。

コスト **1** 名 成本。原文為「cost」。

ペース **1** 名 步調、速度、節奏。原文為「pace」。

ピラミッド **3** 名 金字塔。原文為「pyramid」。

勢い **3** 名 氣勢、形勢、局面、趨勢

　こうした推計をもとに、「人口の大幅な減少によって経済は縮小に向かう。その中で企業経営は悪化し、社会は活力を失う。高齢者人口が4割を占める社会では社会保障費の負担が大幅に増える」といった予測がなされ、少子高齢化が大きな社会問題として語られている。

落ち込む 0 3 動 落入、掉進

向かう 0 動 往、趨向、面對

失う 0 動 失去、喪失

語られている 動 被認為。原形為「語る」0，意為「說、談」。

所謂的人口減少社會的成長戰略是？
可預見的人口減少成本

　　從2005年起，日本的人口開始減少。根據國立社會保障・人口問題研究所的調查，今後每年將以100萬人的速度持續減少，預估50年後，人口將跌破9,000萬人。舉例來說，2050年的日本人口金字塔，是呈現64歲以上的高齡者居多、勞動人口極少的倒金字塔型。另外，厚生勞動省的調查裡，也試算出「如果依照現在的趨勢人口繼續減少的話，勞動人口將會從現在的6,600萬人，2050年掉到只剩下4,500萬人」。

　　以這樣的推算為基礎，被做出「由於人口大幅減少，經濟趨於縮小。在此情況下，企業經營將惡化，社會也會失去活力。在高齡人口佔4成的社會裡，社會保障費的負擔將大幅增加」這樣的預測，少子高齡化將成為重大的社會問題。

▶ 根據日本內閣府資料，估算2055年的總人口
將只剩8,993萬人，高齡化達40.5%。

日本人口減少的危機

雖然日本的總人口有1億2,000多萬人，且高居世界排行第10，但根據日本官方的調查，日本少子化與高齡化問題已相當嚴重，就人口構成來說，目前超過65歲的高齡者已接近20%，而16歲到64歲的勞動人口卻跌破6成。再加上近年來戰後嬰兒潮出生的人口開始退休，勞動力減少、被扶養人口增多，養老金、

▲ 唯有積極推動各種獎勵生育的措施，才是解決少子化和高齡化的不二法門。

高齡者醫療費等福利體系的負擔勢必更加沉重。此外，從經濟的供需來看，消費市場一定會隨著人口減少而縮小，產業勢必無法維持現有的規模。

日本人少子化，多肇因於結婚年齡不斷延後，以及不結婚、婚後不生育人口的增加。為解決這個問題，日本政府已相繼展開各項優惠或保障措施來提高婦女生育的意願，如提高生產補助金、發放育兒津貼等。的確，要彌補勞動力的不足，遏止少子化才是治本唯一途徑。

▲ 以低碳、無碳的交通工具來實踐環境政策

環境対策は世界経済の救世主となるか

環境對策將成為世界經濟的救世主嗎？

在2008年秋後世界經濟危機的背景之下，
各國相繼發表了獨自的「綠色新政」政策，欲藉由環境的投資，
來帶動景氣的攀升。

環境対策が世界経済の救世主となるか

　　100年に1度とも言われる経済危機の中、世界同時不況を防ぐ救世主として注目を集めているのが「グリーン・ニューディール」と呼ばれる環境政策だ。グリーン・ニューディールとは、米国のバラク・オバマ大統領が推進している環境・エネルギー政策で、太陽光など再生可能エネルギーの拡大を柱に景気回復と雇用創出を目指す政策である。

　　各国の経済対策にも、建設投資を拡大して環境問題を解決する動きも出てきている。すでに韓国は、12年までに太陽熱利用機器を備えた住宅200万戸の建設などに50兆ウォン（約3兆2,500億円）を投入、96万人の雇用を創出するグリーン・ニューディール事業を発表。欧州は環境ビジネスで先行している。

グリーン・ニューディール 7 名 綠色新政。原文為「Green New Deal」。

エネルギー 2 3 名 能量、能源、精力、氣力。原文為「energie」。

出遅れ 0 名 為時已晚、耽誤

目立っている 動 顯眼、引人注目。原形為「目立つ」2，意為「顯眼、引人注目」。

しかし、環境技術先進国である日本の出遅れが目立っている。

環境省が、「緑の経済と社会の変革」（日本版グリーン・ニュー

ディール政策）と呼ばれる政策案を首相に提出したが、首相は

国土交通省や経済産業省などと連携して練り直すように指示。

経済成長や雇用創出につなげる明確な道筋を描けないでいる。

連携して 動 合作、聯合。原形為「連携する」0，意為「合作、聯合」。

練り直す 4 0 動 重新攪拌、重新考慮

つなげる 0 動 可連結。為動詞「繋ぐ」0（拴、繋上）的可能形。

道筋 0 名 通過的道路、路線、道理

環境對策將成為世界經濟的救世主嗎？

在甚至被稱為百年一次的經濟危機中，以防止世界同時不景氣救世主之姿備受矚目的，是被稱為「綠色新政」的環境政策。所謂的綠色新政，是企圖以在美國巴拉克・歐巴馬（Barack Hussein Obama Jr.）總統所推動的環境・能源政策中，擴大太陽光等能夠再生的能源為支柱，來恢復景氣和創造雇用為目標的政策。

各國的經濟對策中，也出現擴大建設投資，以解決環境問題的行動。已經有韓國投入50兆韓圜（約3兆2,500億日圓），要在2012年之前建設好備有利用太陽能機器的住宅200萬戶等，並發表創造出雇用96萬人的綠色新政。歐洲則是以環境事務領先中。

然而，環境技術先進國的日本卻明顯腳步緩慢。雖然環境省已向首相提出被稱為「綠色經濟和社會改革」（日本版綠色新政政策）的政策案，但是首相卻和國土交通省或經濟產業省等聯手，指示要重新檢討。依舊沒有描繪出可以連結經濟成長或創造雇用的明確道路。

▲ 積極利用太陽能發電設備或低碳、無碳的交通工具也是綠色新政的一環。

日版「綠色新政」的構想

在2008年秋後世界經濟危機的背景之下，各國相繼發表了獨自的「綠色新政」政策，欲藉由環境的投資，來帶動景氣的攀升。「綠色經濟與社會的變革」則是日本順應潮流，所推出的「綠色新政」構想。

此構想的基本理念為「環境牽動經濟的社會」，目標在藉由明確的政策與初期獎勵制度的設定，促進經濟發展，實現低碳社會、循環型社會、自然共生社會的理想。至於具體的內容，分別由「社會資本的變革」（如公共設施太陽能發電設備的設置）、「地域共同體的變革」（如綠色新政基金的創設）、「消費的變革」（如節能家電的普及）、「投資的變革」、「技術革新」，以及「對亞洲的貢獻」等六大支柱所構成。

不過到目前為止，這構想依然無法完全落實，雖然有一部分的構想已經反應在經濟危機的對策上，但還是有許多政策仍處於爭議當中。

▲ 日本公共場合的垃圾筒，落實資源回收

時代に合わせたリサイクル体制の整備を

整備合乎時代的資源回收體制

回收的行動電話可提煉黃金、銀、銦、釹、鈀等十餘種稀有金屬，

對於貴金屬、稀有金屬必須完全仰賴進口的日本來説，

這是個含量豐又環保的「都市礦山」。

時代に合わせたリサイクル体制の整備を

「家電リサイクル法（特定家庭用機器再商品化法）」が2001年に施行され、テレビ、エアコン、冷蔵・冷凍庫、洗濯機は、自治体が回収する粗大ゴミの対象外になった。廃棄家電は、家電の販売店に有料で引き取られた後、リサイクル料金とともにメーカーに渡され、リサイクルされる仕組みになっている。だが、廃棄家電がメーカーに引き渡されず、海外などの中古市場に「横流し」されたり、中古品を扱う業者に引き取られる例が目立つ。エアコンから銅などの金属類を取り出して業者に転売されるケースも多い。

リサイクル ❷ 名 資源、廃物的再利用，或資金的再循環。原文為「recycle」。

粗大ゴミ ❷ 名 大型垃圾

引き取られた 動 被收走。原形為「引き取る」❸，意為「退出、離去、領取、保釋、收養」。

横流し ❿❸ 名 以黑市價格出售、私售

扱う ❿ 動 使用、操作、處理、對待、照料、調停、買賣

金、銀、銅、パラジウムなどのレアメタルが含まれ、「都市鉱山」と呼ばれている携帯電話のリサイクルも進んでいない。2007年には、販売台数が史上最高の5,230万台に達したが、古い携帯電話を手放さない利用者が多く、回収率はむしろ下がっている。デジタルカメラなど小型の電子機器は、回収ルートさえ確立されておらず、ほとんどは不燃ごみとして埋め立て処分されているのが現状だ。

パラジウム ３ 名 鈀。原文為「palladium」。

レアメタル ３ 名 稀有金屬。原文為「rare metal」。

手放さない 動 不賣掉。原形為「手放す」３，意為「鬆開手、放手、賣掉、脫手、轉讓」。

埋め立て 動 填平。原形為「埋め立てる」４，意為「填平」。

処分されている 動 處理著。原形為「処分する」①，意為「處理、處罰、捨棄、銷毀」。

整備合乎時代的資源回收體制

「家電資源回收法（特定家用機器再商品化法）」於2001年實施後，電視、冷暖氣機、冷藏及冷凍冰箱、洗衣機，變成自治團體回收大型垃圾之對象外物品。廢棄的家電已成為付費給家電販賣店收走之後，和資源回收費一起交給製造廠商，然後再資源回收這樣的架構。然而，廢棄家電並沒有交給製造廠商，類似在海外等中古市場「私售」之類的，被處理中古商品的業者收走這樣的例子顯而易見。而從冷暖氣機中取出銅等金屬，然後再轉賣給業者的情況也很多。

含有金、銀、銅、鈀等稀有金屬、被稱為「都市礦山」的行動電話的資源回收也沒有進展。儘管2007年販賣的支數，達到史上最高的5,230萬支，但是不將舊的行動電話脫手的使用者很多，回收率反倒下降。而數位相機等小型的電子機器，是連回收通路都沒有確立，幾乎都是當成不可燃垃圾掩埋處理，是現今的情況。

▲ 自實施新法後，電視、冰箱等廢棄家電已被屏除在一般家庭垃圾資源回收的範圍外。

極具開發價值的日本都市礦山

因為日本消費者對商品有喜新厭舊的傾向，所以各種商品汰舊換新的速度極快，特別是電子電器產品，幾乎每年都有新款上市。由於「特定家用機器再商品化法」的施行，廢棄不用的家電產品多由消費者

▲ 回收的手機對先進國家來說是個含量豐富又環保的都市礦山。

付費交由販賣商代為處理。不過小型的電子電器產品，例如數位相機、行動電話，因尚無明確的法規和處理管道，很多都是當垃圾直接丟棄，或閒置在家中的櫃子裡。

以最具代表性的行動電話為例，1公噸的手機（約12,500支），可收集400公克的黃金、2,300公克的銀，以及銦、釹、鈀等十餘種稀有金屬，對於貴金屬、稀有金屬必須完全仰賴進口的日本來說，這是個含量豐又環保的「都市礦山」。

到目前為止，手機的回收率並不理想，且年年下跌。據估計仍有2億支棄置不用的手機仍散落在都市中的各個角落，要物盡其用，健全回收體制的確是當務之急。

▲ 東京近郊的山林

森と日本。今こそ森の再生を

森林和日本。現在正是讓森林重生的時候

日本政府的「森林・林業再生計畫」中，
預定以路網的整備、森林作業集約化、必要人才育成為核心，
加速建設高效率且穩定的的林業經營基礎，
構築木材穩定供應與利用的必要體制，來謀求日本林業的再生。

森と日本。今こそ森の再生を

　日本の森林は国土面積の約3分の2、2,500万ヘクタールを占めており、いわゆる森林率（68.2％）は先進国のなかでもフィンランドについで世界2位である。森林率の世界平均は30.3％。ただし、これをもって日本が森林大国といえるわけではない。カナダ（33.6％）やアメリカ（33.1％）、ニュージーランド（31.0％）などの木材輸出国に対して、日本の木材貿易は大幅な輸入超過になっている。加えて林業従事者の高齢化と減少、安価な外国製木材に対する国産木材の競争力低下などによって、森林荒廃の危機が叫ばれている。

　森の荒廃は「森の文化」を破壊し、日本人の森とのつき合い方を希薄にしていく可能性がある。単純に製材用樹木を植林

ヘクタール 3 名 面積的單位之一，公頃。原文為「hectare」。

輸入超過 4 名 入超

安価 1 ナ形 廉價

叫ばれている 動 被呼籲。原形為「叫ぶ」2，意為「叫、喊、呼籲」。

希薄 0 名 ナ形 稀薄、不足、缺乏

奥山 2 0 名 深山

し、人工林を整備するだけの緑化運動だけでは、この問題は解
決しない。奥山の天然林、人里の里山や鎮守の森、屋敷林な
ど、多彩な森林資源の保護と活用を人の生活と関連づけて行う
必要がある。

人里 ⓪ 名 村落、村莊

里山 ⓪ 名 聚落附近的森林。即位於聚落附近，過去人們曾經在那裡取薪炭用
　　的木材、或是摘山菜的森林。

鎮守の森 ⓪ 祭祀鎮守之神的神社裡的森林

屋敷林 ③ 名 在建築物周圍種植，用來防風或防火、防雪的樹林

森林和日本。現在正是讓森林重生的時候

日本的森林約占國土面積的3分之2，即2,500萬公頃，就所謂的森林覆蓋率（68.2％）而言，就算在先進國當中，也是僅次於芬蘭的世界第2名。森林覆蓋率的世界平均為30.3％。但是，並非以此就能稱日本為森林大國。相較於加拿大（33.6％），或是美國（33.1％）、紐西蘭（31.0％）等木材輸出國，日本的木材貿易是大幅的入超。再加上因為林業從事者的高齡化和減少，以及相對於價格便宜的外國製木材，國產木材的競爭力低落等原因，森林荒廢的危機早已呈現。

森林荒廢有可能破壞森林文化，讓日本人和森林的關係日趨不足。光單純只是種植製材用樹木、保養人造林這樣的綠化運動，這個問題不會解決。深山的天然林木、聚落附近的森林、或是祭祀鎮守之神的神社裡的森林、住屋四周防風防火的林木等等，有必要把這些多采多姿的森林資源的保護和活用，和人們的生活連結在一起。

▶ 要解決林業不振的問題，擴大國產木材的運用才是根本的解決之道。

日本的「森林・林業再生計畫」

雖然日本林地佔有比率高居世界第二，但由於國內的林業「路網」（林道、作業道）建設及作業集約化落後，生產效率並不理想。再加上外國廉價木材的大量進口，更使日本林業難以發展。也因為國內木材價格長期的低迷，促使越來越多的林主因不敷成本而放棄經營。這個情況若不改善，勢必會造成日本森林荒廢的擴大。此外，由於國際資源主權化和外匯動向的影響，未來是否能繼續仰賴進口，實在難以預料。可見擴大國產木材的運用，才是根本的解決之道。

有鑒於此，日本農林水產省在2009年底公佈了「森林・林業再生計畫」，預定在今後10年，以路網的整備、森林作業集約化、必要人才育成為核心，加速建設高效率且穩定的的林業經營基礎，構築木材穩定供應與利用的必要體制，來謀求日本林業的再生，並將社會構造由鋼筋水泥轉換為木材的低碳社會邁進。

▲ 在戶外設置吸菸專區，防治菸害

喫煙率13年連続低下。
成人のタバコ離れ進む

吸菸率連續13年降低。成年人朝遠離香菸邁進

日本人的吸菸率，每年不斷減少，
與社會高齡化、有關吸菸和健康的意識高漲、圍繞著吸菸的相關規定的強化等有關。

喫煙率13年連続低下。
成人のタバコ離れ進む

　　日本たばこ産業（JT）が2009年10月23日に発表した、全国タバコ喫煙者率調査結果によると、2008年の喫煙者率は25.7％で、前年から約0.3ポイント減少した。性別でみると男性は39.5％、女性は12.9％で、前年と比べ男性が0.7ポイント低下した一方、女性は0.2ポイント増加した。成人男性の喫煙率は、この17年間減少し続けているが、成人女性の喫煙率は20歳代、30歳代で増加傾向となっている。また、総務省の人口統計をもとに、喫煙者の人口を推計すると、喫煙者は2,680万人で男性1,984万人、女性696万人となった。毎日喫煙する人の1日当たりの平均喫煙本数は、男性が約21.7本、女性が約16.4本だった。

進む ⓪ 動 前進、向前、進展、增強

ポイント ⓪ 名 點、要點。原文為「point」。

推計する ⓪ 動 推算

当たり 接尾 平均、每

推移している 動 變遷中。原形為「推移する」❶，意為「推移、變遷、變化」。

　　JTでは、喫煙者率が減少傾向で推移している要因について、
「高齢化の進展、喫煙と健康に関する意識の高まり、喫煙をめ
ぐる規制の強化などが考えられる」と分析している。

　　調査は2009年5月に郵送方式で実施。全国の成年男女2万人か
ら回答を得た。

高まり ⓪ 名 提高、高漲、高潮

めぐる ⓪ 動 循環、圍繞、周遊、巡迴

規制 ⓪ 名 規定、章程、規則

強化 ① 名 強化、加強

郵送 ⓪ 名 郵寄

吸菸率連續13年降低。
成年人朝遠離香菸邁進

　　根據日本香菸產業（JT）於2009年10月23日發表的「全國吸菸者比率調查結果」得知，2008年的吸菸者比率是25.7％，和前一年相比，約減少了0.3個百分點。從性別來看的話，男性是39.5％，女性是12.9％，和前一年相比，男性減少了0.7個百分點，但是另一方面，女性卻增加了0.2個百分點。成年男性的吸菸比率，這17年來雖然持續減少，但是成年女性的吸菸比率在20歲世代、30歲世代，卻有增加的傾向。此外，如果以總務省的人口統計為基準，來推算吸菸人口的話，吸菸者在2,680萬人裡，男性變成1,984萬人，女性變成696萬人。而每天吸菸的人，平均一天的吸菸根數，男性約21.7根，女性約16.4根。

　　就推斷吸菸者比率有減少傾向，其變化之主要原因，JT分析為「應該和已發展成高齡化、有關吸菸和健康的意識高漲、圍繞著吸菸的相關規定的強化等等有關」。

　　調查是在2009年5月時，以郵寄的方式實施。這是從全國成年男女2萬人中得到的回覆。

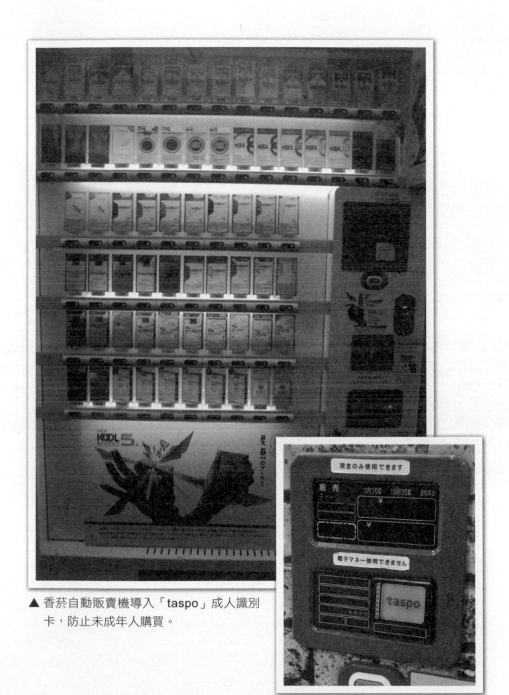

▲ 香菸自動販賣機導入「taspo」成人識別卡，防止未成年人購買。

日本有關菸害防治的現狀

日本人的吸菸率，每年不斷減少，從1966年最高的52.0％，已降到2009年的24.9（男38.9、女11.9）％。這都要歸功於吸菸有害健康的大力宣導，以及菸害防治相關法規的整備和強化。

由於被動吸菸防治法的施行，大眾運輸工具方面，幾乎所有的電車、巴士都全面禁菸，而

▲ 即使是戶外，若在日本禁止抽菸的路上抽菸，就會被處以罰鍰。

計程車全面禁菸的縣市也不斷的擴增中。公共場所的吸菸管制，除了徹底「分菸」，全國公立小中學、高中校內及周邊也在2009年起全面禁菸。至於戶外的吸菸，東京千代田區率先在2002年實施了「路上吸菸禁止條例」，違者會科以罰鍰（2,000日圓～20,000日圓），許多自治體也相繼跟進，目前約有50個以上的市區町村導入此條例。此外，2008年針對香菸自動販賣機所導入的「taspo」成人識別卡，對遏止未成年人購買香菸也有很大功效。禁菸已經是全球的趨勢，相關法規相信會更加嚴峻。

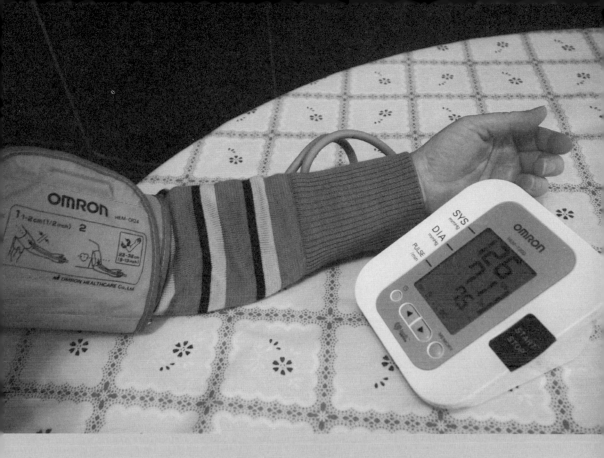

高血圧予防に自宅で毎日血圧チェック

為預防高血壓，每天在自己家裡確認血壓

癌症是日本人全體死因的第一位，心臟疾病為第二位，第三位則是腦血管疾病。

至於造成狹心症、心肌梗塞等心臟疾病的最大危險因子就是高血壓。

高血圧予防に自宅で毎日血圧チェック

日本高血圧学会が2009年1月、新しい「高血圧治療ガイドライン」を発表した。ガイドラインは医師が診療の基本方針とするもの。今回は新たに「家庭で測定した血圧値」の基準値が盛り込まれ注目されている。家庭血圧には診察室での測定では分からない情報が含まれる。これを薦めることで、患者の自己管理を促す狙いもあるようだ。

高血圧は脳卒中や心臓病を引き起こす最大のリスク因子だ。診察室での測定値が上の血圧140mmHg以上、下の血圧90mmHg以上で高血圧と診断される。

ガイドライン ④ 名 指導方針、指標。原文為「guideline」。

盛り込まれ 動 被加進。原形為「盛り込む」③ ⓪，意為「加進、添加」。

含まれる 動 被包含。原形為「含む」②，意為「含有、包括、含著、記在心裡、懷恨」。

促す ⓪ ③ 動 催促、促進

狙い ⓪ 名 瞄準、目標、目的

今回これに加わったのが家庭で計った「家庭血圧」だ。診察室血圧より5mmHg低い135/85以上を高血圧の基準値としている。この数値は国内外の研究データから導かれたものだ。

家庭血圧は慣れた環境でゆったりと測定できるため、その人本来の血圧を把握しやすいメリットがある。ガイドラインでは、朝晩それぞれ一回以上の家庭血圧測定が薦められている。

脳卒中 ③ 名 脳中風

リスク ① 名 危険、風險。原文為「risk」。

因子 ① 名 因子、因素

導かれた 動 被導入。原形為「導く」③，意為「帯路、指引、引入」。

ゆったり ③ 副 舒適、寬敞、悠閒、舒暢

為預防高血壓，每天在自己家裡確認血壓

日本高血壓學會於2009年1月，發表了新的「高血壓治療指標」。此指標將做為醫師診療之基本方針。此次因為新加進了「在家測量的血壓」之基準值，所以受到矚目。家庭血壓中，含有在診療室測量時無法得知的情報。藉由推薦此事，似乎也有督促患者自我管理的目的。

高血壓是引起腦中風或心臟病最大的危險因子。在診察室的測量值，高壓（收縮壓）在140mmHg以上，低壓（舒張壓）在90mmHg以上，都診斷為高血壓。

本次加入這個的，是在家裡測量的「家庭血壓」。它比診察室的血壓低5mmHg，用135/85以上當作高血壓的基準值。這個數據，是從國內外的研究資料中被導入的。

由於家庭血壓可以在熟悉的環境下舒適地測量，所以優點是能掌握測量者原本的血壓。在指標裡，建議早晚要各做一次以上的家庭血壓測量。

▲ 要預防高血壓，得注意飲食、運動和定期檢查等自我的健康管理。

沉默的殺手—高血壓

　　癌症是日本人全體死因的第一位，心臟疾病為第二位，第三位則是腦血管疾病。至於造成狹心症、心肌梗塞等心臟疾病的最大危險因子就是高血壓，據調查，高血壓患者罹患心臟病的機率是健康者的三倍。而位居第三位的腦血管疾病，也幾乎是來自於高血壓，兩者合算起來，遠超過第一位的癌症。由此可見，高血壓是個不容忽視的可怕疾病。

　　據稱，日本4人當中就有1人是高血壓患者，而且只要是有點年紀的人，幾乎都有高血壓，也因為太普遍了，一般人對高血壓的警戒心並不高。高血壓和其他的生活習慣病一樣，初期並沒有明顯的症狀，除非很嚴重，否則很不容易察覺，這也是高血壓被稱為沉默殺手的原因。

　　正因為症狀不明顯，除了定期接受檢查之外，患者平時的自我的健康管理，也是不可或缺的。

たったひと手間で、
安全においしく野菜が食べられる

只要費一點功夫，就能安全又美味地吃到蔬菜

日本近年來由於進口冷凍食品、蔬菜殘留農藥等問題層出不窮，
成為引起飲食不安的首要因素。

たったひと手間で、
安全においしく野菜が食べられる

体の機能や免疫力を高めるための優秀食材である野菜。ビタミン、ミネラル、食物繊維などの補給に毎日たっぷり取りたいが、最近は残留農薬が心配という人も多いだろう。

数年前の中国産ギョーザや冷凍野菜などの問題以降、残留農薬は食の不安をかきたてる一番の要素となった。とはいえ、残留農薬についての正しい情報は意外と知られていない。具体的には収穫前の一定期間に使用された農薬が残留することが多いのだ。

手間 ❷ 名 （工作所需的）時間、勞力、功夫

ミネラル ❶ 名 礦物質。原文為「mineral」。

かきたてる ❹❶ 動 攪拌、激起、挑動、激發

なくして 動 使～不見、去掉。原形為「なくす」❶，意為「喪失、失掉、去掉」。

減らす ❶ 動 減少、削減

　では、野菜や果物の残留農薬をなくして、安全においしく食べる方法はないのだろうか。これが意外に簡単なのである。たとえば、残留農薬は皮や食材の表面に多いので食材をしっかり洗うことでかなり減らすことができる。皮ごと食べる果物の場合、流水にさらしてから食べると良いという。さっと下ゆでして、ゆで汁を捨てるゆでこぼしはさらに効果が大きく、おすすめの方法の一つだ。

さらして　動　沖洗。原形為「さらす」◎，意為「曬、風吹雨打、漂白、暴露、浸泡」。

下ゆでして　動　川燙。原形為「下ゆでする」◎，意為「把澀味強的蔬菜和脂肪多的肉類，在料理前先燙過，除去其澀味和脂肪」。

ゆでこぼし　名　川燙法。原形為動詞「ゆでこぼす」◎④，意為「川燙後，把川燙後的水倒掉」。

只要費一點功夫，
就能安全又美味地吃到蔬菜

能夠提升身體的機能或是免疫力的優良食材，就屬蔬菜了。雖然為了維他命、礦物質、食物纖維等等的補給，想要每天大量攝取蔬菜，但是最近擔心農藥殘留的人應該也很多吧！

自從幾年前中國產的餃子和冷凍蔬菜等等問題後，農藥殘留成為引起飲食不安首要的因素。儘管如此，有關農藥殘留的正確資訊，卻意外地不為人所知。具體來說，在採收前一定期間內使用的農藥還殘留在蔬菜上這樣的情況很多。

那麼，難道就沒有去除蔬菜或水果的殘留農藥，可以安全又美味地食用的方法了嗎？這反而是意外簡單的事情。例如，由於農藥多殘留在外皮或食材的表面，所以藉由確實清洗食材，便能大量減少。而連皮一起吃的水果的情況時，據說用流動的水沖洗後再吃比較好。至於大致地川燙之後，再把川燙的水倒掉的川燙法，效果更好，是值得推薦的方法之一。

▲ 日本到處都有專門店或專櫃，要購買有機蔬菜很方便。

日本有機蔬菜的熱潮

日本近年來由於進口冷凍食品、蔬菜殘留農藥等問題層出不窮，健康又安全的有機蔬菜便成了大眾矚目的焦點。價格雖比普通蔬菜要貴上三、四倍，人氣依然有增無減。在日本要購買有機蔬菜，一點也不困難，超市專櫃、專賣店，還是宅配都買得到。

日本機蔬菜的評定基準相當嚴格，除了栽培期間不得使用農藥和化合肥料之外，使用的農地，至少要停止使用農藥和化合肥料兩年以上，以防止殘留土壤，至於使用的肥料，只限雞糞、腐葉等自然界存在的東西。為了有效規範栽培者遵守上述的規定，政府還定有嚴格的驗證制度來確保消費者權益。也就是說生產者栽培的有機蔬菜說必須經過政府承認的機關驗證、並取得有機JAS（日本農林規格）認定後，才能上市。

有機蔬菜不僅安全健康，對環境保護、生態平衡也有很大的貢獻，勢必成為世界農業發展的新趨勢。

▲ 沖繩傳統「紅型」織布師傅

日本を支える職人の技と情熱

支撐日本的師傅之技藝和熱情

「職人気質」意指不斷探求自己的技術,對自己有信心,

討厭因金錢或時間的限制,便違背自己的意志甚至妥協的性格。

日本を支える職人の技と情熱

　日本人は「ものづくり」を「継続」することを美徳としている。この自らの手を汚して何かを作ること自体を非常に尊重する価値観は、少なくともアジアの中では非常に珍しい価値観だ。

　ある専門家は、農民出身の武士が権力をつかんだ鎌倉時代を重視している。農民にとっては、自分の手で道具を作るのは日常の習慣であった。それが、将軍や大名になってもなお、自ら厨房で調理をしたり、兜や茶碗を自作することにつながっていったというのである。

　また「継続」という行為も他の国では必ずしも美徳とは限らない。日本では、饅頭を作って何百年という老舗がいくつもあ

職人 ⓪ 名 工匠、師傅
大名 ③ 名 日本封建時代的諸侯
兜 ① 名 盔甲
茶碗 ⓪ 名 飯碗

り、自他ともにそれを誇りとしている。だが、日本以外のアジアでは、饅頭で繁盛したなら、社会的なステータスがより高い、ほかの職種に鞍替えするのが常識だという。こういうところでは、日本に見られるような「職人気質」は育ちにくい。日本が誇る洗練された技術を持つ「職人」は、日本人の美徳の象徴といえるのかもしれない。

老舗 0 名（有名氣的）老舖、老字號

ステータス 2 名 社會地位。原文為「status」。

鞍替えする 0 動 轉業、改行

洗練された 動 洗鍊、精練。原形為「洗練する」 0，意為「洗鍊、精練」。

支撐日本的師傅之技藝和熱情

　　日本人把「製造」「繼續下去」這件事情當作美德。這種非常尊重弄髒自己的手去做些什麼事情本身的價值觀，至少在亞洲裡面，是非常珍貴的價值觀。

　　有些專家很重視農民出身的武士握有權力的鎌倉時代。對農民而言，用自己的手做用具，是日常生活習慣。據說像這樣的習慣，造就他們就算變成將軍或是諸侯，也依然自己在廚房做料理、自己做盔甲或者是飯碗。

　　此外，「繼續下去」這樣的行為，在其他國家也未必是美德。在日本，有好幾家做豆沙包做了好幾百年這樣的老字號，不管是自己或是別人，都以此為傲。但是據說日本以外的亞洲，一旦豆沙包生意做得好，社會地位更加提升，便轉行做其他事業也是常理。從這樣的地方來看，像在日本可以看到的那種「師傅氣質」便很難培養出來。擁有日本引以自豪洗練技術的「師傅」，說不定可稱之為日本人美德的象徵。

▶ 沖繩傳統首里琉染，利用珊瑚礁沾上染料，拓印在布料上。

使日本產品享譽國際的大功臣

「職人」泛指以手工方式從事各種製作的師傅，不論是傳統工藝、現代工業，還是壽司等美食界，都有技術精湛的「職人」在支持。長久以來，日本就有尊崇師傅的傳統，例如在江戶時代，從朝鮮渡海而來的陶藝或治鐵師傅就倍受

▲ 日本產品的精美可說是源自製造者力求完美的「職人気質」。

禮遇。直到現代，這傳統依然不變，「鐵人」、「達人」、「巨匠」，都是近年來用以形容技藝高超師傅的讚美之詞。具體上，也有不少名師傅被認定為「人間国宝」（國寶級人物）呢。

說到日本的師傅，就不能不提「職人気質」，意指不斷探求自己的技術，對自己有信心，討厭因金錢或時間的限制，便違背自己的意志甚至妥協的性格。正因為這種力求工作完美的性格，才能製造出被世界肯定、享譽國際的優秀產品吧。

▲ 金閣寺

癒しを求め、
和の習い事がひそかなブームに

尋求慰藉，和式技藝學習正悄悄蔚為風潮

日本「侘」、「寂」美學，追求自然樸實、謙雅儉約，
釋放了現代人因各種壓力造成的神經緊繃，進一步獲得心靈的平靜。

癒しを求め、
和の習い事がひそかなブームに

　技術が洗練されていく過程で、日本には「道」ができるという概念がある。「華道」「茶道」「柔道」などで使われる「道」がそうだ。「道」を極めた者は「名人」として絶大な尊敬の対象となるなど「道」は和の文化に深く根付いている。

　最近は、若い働く女性の間で茶道や着付けなど「和の習い事」の人気が高まっている。リクルートが2008年3月に発表した「2008年人気おケイコ予測」では、茶道が12位（前年15位）、生け花が16位（前年17位）と順位を上げている。また、着付けも前年と同じ11位を維持している。目新しいものでは、テレビなど時代劇でおなじみの「殺陣」も人気だ。

癒し ⓪ 名 病的治癒或傷痛的解除

ひそか ② ① ナ形 秘密、暗中、悄悄、私自

根付いている 動 扎根中。原形為「根付く」②，意為「生根、扎根」。

着付け ⓪ 名 把衣服，尤其指和服確確實實地穿好

生け花 ② 名 插花

目新しい ⑤ ナ形 新奇的、新鮮的、耳目一新的

　和の習い事というと、従来は就職や花嫁修業のために習うイメージが強かったが、癒やし効果やストレス発散を兼ね、仕事の現場でも立ち居振る舞いなどに生かそうという人が増加しているという。

* * *

おなじみ ⓪ 名 熟悉、熟識。為「なじみ」的尊敬用法。

殺陣 ② ① 名 電視劇、電影中的武打、擬鬥

兼ね 動 兼。原形為「兼ねる」②，意為「兼、兼任」。

立ち居振る舞い ② ① 名 舉止動作、起居動作。即伴隨著站立或坐下等動作，身體的姿態。

尋求慰藉，和式技藝學習正悄悄蔚為風潮

在技術邁向精練的過程中，日本有「道」就能夠達成這樣的概念。像在「花道」「茶道」「柔道」等等被使用的「道」就是。猶如將「道」發揮到淋漓盡致者，便能以「名人」之姿，成為眾人非常尊敬的對象，「道」已深深扎根於大和文化中。

最近，在年輕的上班族女性中，茶道或是穿和服等「和式技藝學習」的人氣正高漲。根據RECRUIT公司2008年3月公佈的「2008年人氣技藝學習預測」，茶道是第12名（去年是第15名），插花是第16名（去年是第17名），排序上揚中。此外，穿和服也和前一年一樣，維持在第11名。令人感到新奇的是電視等時代劇裡面大家熟悉的「武打」，也受到歡迎。

提到和式技藝學習，一直以來給人是為了就業、或者是學當新娘才去學習的印象很強烈，但是據說覺得它兼具慰藉效果或消解壓力、連在工作現場也能活用於舉止動作上這樣的人正增加中。

▶ 化身成舞妓漫步在古意盎然的京都，感受「大和文化」的極致優雅風情。

「侘」、「寂」，日本文化的基本理念

　　欲了解日本文化，就不能不知道「侘」、「寂」這兩個日本文化的基本理念與傳統藝術的目標。「侘び」為簡居中享受閒樂，即享受寂靜、樸素的美學；「寂び」為品味清寂古雅，也就是享受枯萎凋零的美學。兩者都是藉由藝術的手段，讓人反璞歸真，領悟禪意的真諦。

▲「侘」、「寂」這種追求自然樸實謙雅的美學，正可釋放現代人因壓力造成的神經緊繃。

　　在日本現代繁忙的社會當中，生活壓力沉重，「侘」、「寂」這種追求自然樸實、謙雅儉約的美學，正好可以釋放現代人因各種壓力造成的神經緊繃，進一步獲得心靈的平靜。

　　此外，這幾年因NHK大河時代劇和以戰國武將為題材的遊戲軟體之影響，「居合」（拔刀術）、「殺陣」（擬鬥）等要求心神合一的武術再度受到肯定，由此可見，日本傳統藝能和文化，的確是療癒現代人最佳良藥。

▲ 東京新橋演舞場

好調が続く歌舞伎。
歌舞伎検定も盛り上がる

歌舞伎持續好光景。歌舞伎檢定也反應熱烈

擁有悠久歷史的歌舞伎，強調戲劇張力的姿勢、動作、眼神，
以及華麗的舞台佈景和饒富變化的特殊效果，在日本國內被列為重要無形文化財，
也被聯合國教科文組織列為非物質文化遺產。

好調が続く歌舞伎。
歌舞伎検定も盛り上がる

ここ数年、歌舞伎の好調ぶりが目立っている。

2007年3月には芸術の都、パリの象徴であるオペラ座で、市川団十郎・海老蔵の親子が歌舞伎十八番の「勧進帳」など初めての歌舞伎公演を行った。1928年にモスクワとレニングラードから始まった歌舞伎海外公演の歴史に、新たな1ページを刻んだ。

中村勘三郎率いる「平成中村座」も同年7月にニューヨークのリンカーンセンターで「法界坊」を上演した。勘三郎は色と欲におぼれる僧侶を、英語のせりふを交えて熱演し、現地メディアから高い評価を受けた。

盛り上がる ④⓪ 動 熱烈、氣勢高漲
十八番 ④ 名「**歌舞伎十八番**」⑦（歌舞伎十八番）的略語。指市川家傳的拿手好戲，包含「**不破**」⓪（不破）、「**鳴神**」⓪（鳴神）、「**暫**」②（暫）、「**不動**」⓪（不動）、「**勧進帳**」⓪③（勧進帳）、「**助六**」⓪（助六）等18齣戲。日常生活裡説「**十八番**」④ 或「**十八番**」⓪ 時，意思是「拿手、擅長」。

国内では、2008年から歌舞伎の歴史や俳優、演目などについての知識を試す「歌舞伎検定」が始まった。第一回目となった2008年は1,699人が4級を受験し、1,600人が合格した。受験者も10代から80代までと幅広い年齢層で、歌舞伎人気を裏付ける形となった。

刻んだ 動 刻畫上了。原形為「刻む」0，意為「剁碎、雕刻、銘記」。

率いる 3 動 率領、帶領

おぼれる 0 動 淹、溺、沉迷

交えて 動 夾雜、摻雜。原形為「交える」3，意為「夾雜、摻雜」。

幅広い 4 イ形 廣泛的

裏付ける 4 動 證實、證明、保證

歌舞伎持續好光景。
歌舞伎檢定也反應熱烈

最近幾年，歌舞伎好光景的情況備受矚目。

2007年3月，在藝術之都巴黎的象徵——巴黎歌劇院，首次舉辦了市川團十郎、海老藏父子所主演的歌舞伎十八齣劇碼之「勸進帳」等歌舞伎公演。這在始於1928年於莫斯科和列寧格勒的歌舞伎海外公演歷史上，寫下了新的一頁。

中村勘三郎所率領的「平成中村座」也在同年7月，於紐約的林肯中心上演了「法界坊」。勘三郎夾雜英文台詞，熱烈演出沉迷於色與欲的僧侶，獲得了當地媒體極高的評價。

在國內，從2008年開始實施測試有關歌舞伎的歷史，或是演員、劇碼等知識的「歌舞伎檢定」。第一次舉辦的2008年，有1,699人參加4級檢定，1,600人合格。由參加檢定者從10多歲到80多歲這樣廣泛的年齡層來看，也可以證明歌舞伎的人氣已成氣候。

▶ 位於京都的歌舞伎座（劇場），建築物本身也是有形文化財。

日本歌舞伎的由來

　　傳說在400多年前，日本島根縣出雲大社的女祭司阿國，為籌措社殿的修繕費，她把念佛誦經時的舞蹈動作加以改編，並套上簡單的故事情節編成的一種公開的演藝表演，這就是最早的歌舞伎。

▲ 要理解日本歌舞伎的舞台語言雖不容易，但光看演員們的動作、眼神以及華麗的舞台效果就值回票價了。

　　發展至今，擁有悠久歷史的歌舞伎，在日本國內雖被列為重要無形文化財，也被聯合國教科文組織列為非物質文化遺產，但其發展過程並不順遂。早期由妓女演出的「遊女歌舞伎」，歷經由貌美的青少年所演出的「若衆歌舞伎」，都曾因為敗壞社會風氣之嫌，被德川幕府取締禁止過。劇團為求生存，只好改由成年男性代替，這就是「野郎歌舞伎」，也是日本目前歌舞伎的原型。歌舞伎從此便轉變成專由男演員演出、追求演技的純粹演藝。

　　對外國人來說，要理解歌舞伎的高度風格的舞台語言並不容易，但光看演員們為強調戲劇效果的姿勢、動作、眼神，以及華麗的舞台佈景和饒富變化的特殊效果，就值回票價了。

抜本的な年金制度改革は避けられない

正本清源的年金制度改革，是無可避免的

近年來日本由於少子高齡化、經濟停滯、利率幾乎等於零的威脅，
兩大公共年金保險面臨了嚴重資金不足、財源空洞化的危機。

抜本的な年金制度改革は避けられない

　年金制度の問題で、もっとも大きくかつ深刻なのが、財政赤字である。国民年金の保険料は、1986年に月額6,800円、1993年に8,400円、1995年に1万1,700円と段階的に引き上げられてきた。2005年からは毎年280円ずつ引き上げられて、2017年に1万6,900円に固定されることが決まっている。

　厚生年金の保険料率も、2004年から毎年0.354％ずつ引き上げられ、2017年までに18.30％になる。しかし、保険料の引き上げによっても、年金財政は悪化の一途をたどっている。2008年8月に社会保険庁が発表した年金決算では、2007年度の国民年金は3,593億円の赤字であった。

抜本的 ❶ ナ形 根除、徹底

避けられない 動 無法避免。原形為「避ける」❷，意為「避免」。

赤字 ❶ 名 赤字、虧損

保険料 ❷ 名 保險費

　年金財政の悪化によってもたらされるのは、保険料率アップだけではない。1985年に行われた年金改革により、厚生年金の受給開始年齢は2025年（女性は2030年）より、60歳から65歳に引き上げられることが決まっている。このまま年金財政が悪化すれば、さらなる受給開始年齢の引き上げが起きないとも言えない。

段階的に ０ 副 分等級地、階段式地

引き上げられる 動 被提高。原形為「引き上げる」４，意為「提高、漲價」。

たどっている 動 正走向。原形為「たどる」２０，意為「走向」。

さらなる １ 連體 更加的

正本清源的年金制度改革，是無可避免的

　　年金制度問題中，最大且嚴重的，就屬財政赤字。國民年金的保險費，被階段式地調漲，從1986年每月金額為6,800日圓，到1993年8,400日圓，到1995年11,700日圓。而從2005年開始，決定每年分別調漲280日圓，一直到2017年固定為16,900日圓為止。

　　厚生年金的保險費利率，也從2004年開始每年分別調漲0.354％，一直到2017年變成18.30％為止。然而，就算保險費調漲，年金的財政依然走向惡化一途。在2008年8月社會保險廳發表的年金決算中，2007年度的國民年金有3,593億日圓的赤字。

　　年金的財政惡化所帶來的，不只是保險費利率提高而已。根據1985年所實施的年金改革，決定厚生年金的給付年齡，從2025年（女性為2030年）開始，由60歲提高到65歲。如果年金的財政持續這樣惡化下去，說不定會發生開始給付的年齡更加提高也說不定。

▶ 經濟衰退、財政赤字，讓日本的年金制度也面臨嚴峻的考驗。目前的青壯年人口已無法奢望靠著年金給付度過安適寬裕的晚年。

日本的年金制度

日本年金制度的特色為「雙層年金」，第一層為全民保障的國民年金，也就是俗稱的基礎年金，第二層則為輔助的厚生年金（一般民間受雇者）或各種共濟年金（公教機關、農林漁業團體職員）。

▲ 因保費提高、給付年齡延後等問題，對年金制度失望不願意參加年金保險的日本人與日俱增。

日本全體國民在年滿20歲之後，都必須加入國民年金，開始給付年齡為65歲。其保險對象分為三類，第一類被保險人為20至59歲自由業者、農民、無業者、學生等。第二類被保人為20至59歲參加厚生年金、共濟年金的被保險人。第三類則為第二號被保險人所扶養的20至59歲的配偶。至於厚生年金或共濟年金開始給付年齡為60歲，保險費由員工和雇主各付一半。

近年來日本由於少子高齡化、經濟停滯、利率幾乎等於零的威脅，這兩大公共年金保險面臨了嚴重資金不足、財源空洞化的危機，若不徹底改革，後果實在不堪設想。

▲ 在神社舉辦的傳統婚禮

20代後半女性の未婚率は25年で3倍に

20歲世代後半的女性，未婚率這25年變成3倍

日本每4個年輕人就有一個結不了婚，

在貧富差距與晚婚、不婚越來越嚴重的當今社會，

想結婚卻結不了婚的人真的是越來越多了。

20代後半女性の未婚率は25年で3倍に

　人口動態統計年報によると、2006年の平均初婚年齢は男性30.1歳、女性28.3歳で、75年の男性27歳、女性24.7歳に比べ晩婚化が進む。20代後半女性の未婚率は75年から2000年の間に18％から54％へと増え、50歳の時点で結婚していない生涯未婚率は、男性で75年に2.1％だったが、05年は15.4％になり、「未婚化」も著しく進んでいる。

　国立社会保障・人口問題研究所『結婚と出産に関する全国調査』によると、18〜34歳男女の9割が「いずれ結婚するつもり」と回答している。一方で「結婚できない」理由の回答では「適当な相手にめぐり会わない」がトップだった。

毎天讀一點日文：名記者筆下的日本

❖❖❖

進む ❶ 動 前進、進展

時点 ❶❶ 名 時點、時候

生涯 ❶ 名 一生、畢生

著しく 副 顯著地。原形為イ形容詞「著しい」❺，意為「明顯的」。

めぐり会わない 動 沒有遇到。原形為「めぐり会う」❹，意為「邂逅、偶然相遇」。

▶ 為了提升「婚活」成功率，
連髮飾也能暢旺桃花運!?

　最近は、「結婚活動」を省略した「婚活」という新語がメ
ディアに溢れている。今や「就活（就職活動）」と同じよう
に、意欲的に「婚活」をしなければ結婚できないようだ。

トップ ❶ 名 首位、第一

メディア ❶ 名 媒體

溢れている 動 充斥著、充滿著。原形為「溢れる」❸，意為「溢出、充滿、
　洋溢」。

今や ❶ 副 現在就是、眼看、現在已經

意欲的に ⓪ 副 熱情地、積極地

20歲世代後半的女性，
未婚率這25年變成3倍

根據人口動態統計年報，2006年首次婚姻的平均年齡，男性為30.1歲，女性為28.3歲，和1975年的男性27歲、女性24.7歲比較起來，趨於晚婚化。20歲世代後半的女性的未婚率，從1975年開始到2000年之間，從18％增加到54％，在50歲的時候還沒有結婚的終生未婚率，男性在1975年是2.1％，但是到了2005年變成15.4％，「未婚化」也顯著地增加。

根據國立社會保障・人口問題研究所『有關結婚和生育之全國調查』，18到34歲的男女有9成回答「遲早都想結婚」。另一方面，回答「無法結婚」的理由，以「遇不到適當的另一半」位居最高位。

最近，媒體上充斥著把「結婚活動（以結婚為前提的各種聯誼、相親活動）」省略成「婚活」這樣的新名詞。現在似乎已經和「就活（就職活動）」一樣，若不積極地進行「婚活」，就無法結婚了。

▶ 以祈求良緣而知名的京都地主神社，來自世界各地的遊客終年不絕。

想結婚，就要從事結婚活動的時代

據推測，日本每4個年輕人就有一個結不了婚，在貧富差距與晚婚、不婚越來越嚴重的當今社會，想結婚卻結不了婚的人真的是越來越多了。

▲ 在貧富差距與晚婚、不婚愈趨嚴重的當今社會，結婚率有明顯下滑的趨勢。

過去的日本男性大部分都有穩定的工作和薪水，對婚姻多抱持著積極的態度。但自泡沫經濟崩潰，終身雇用以及年功序列制度瓦解，因工作收入不穩定，讓很多男性喪失養家活口的自信，而遲遲不敢結婚。另一方面，也因為男女雇用機會均等法的施行，女性經濟能夠自主，對男性的依賴度大減，即使已屆適婚年齡，也不會急著想結婚或非結婚不可。

不過這並不代表大家都不想結婚，據調查18歲到34歲的男女中，每10個人就有9個人表示，只要碰到好對象，還是會想結婚。至於如何碰到好對象，那就是改「草食」為「肉食」，積極參與相親、聯誼等結婚活動囉。

▲ 日本中學的運動會

PISA国際学習到達度調査。
多くの科目で順位を下げる

PISA國際學生能力評量計劃。眾多科目排名下滑

寬鬆教育不僅造成了學力普遍的低下，還導致了M型化的現象。

有鑑於此，文部省已展開修正，「脫寬鬆教育」似乎是今後的趨勢。

PISA国際学習到達度調査。
多くの科目で順位を下げる

2007年4月、約40年ぶりに全国一斉の学力テストが実施された。かつて過度の競争を招くとして廃止されたが、子供の学力を把握するため「全国学力・学習状況調査」として復活した。小6と中3を対象に、国語と算数、数学の学習成果を問う。2008年4月には第2回が行われ、基礎知識を活用する応用問題に弱い傾向がいっそう明らかになった。都道府県別の成績では、青森、秋田、富山、福井の各県が健闘している。

2002年に導入された現行の学習指導要領は、ゆとり教育の総仕上げといわれる。週五日制と教育内容の厳選、教科横断的な

招く ❷ 動 招呼、招待、招致

把握する ⓪ 動 掌握、充分理解

問う ❶⓪ 動 問、追査

ゆとり教育 ❹ 名 寛鬆教育

テーマを探求して体験活動を行う「総合的な学習の時間」を柱として、自ら学び考える「生きる力」を重視してきた。ゆとり教育路線は、画一的な詰め込み教育への反省から始まった。

しかし、2006年に実施されたPISA（国際学習到達度調査）の結果は期待を裏切るものとなった。科学的応用力は2位から6位に、数学的応用力は6位から10位に、読解力は14位から15位にそれぞれ順位を下げた。ゆとり教育はさらなる学力低下を招くという危機感が広がり、保護者の公立校に対する不信を高める一因となっている。

総仕上げ ③ 名 總結、最後的結果
横断的 ⓪ ナ形 橫跨
柱 ⓪③ 名 支柱
詰め込み教育 ⑤ 名 填鴨式教育

PISA國際學生能力評量計劃。
眾多科目排名下滑

　　2007年4月，舉辦了相隔約40年的全國同步學力測驗。此測驗在過去曾被認為導致過度競爭而被廢除，但卻為了掌握兒童的學力，以「全國學力、學習狀況調查」之姿再度復活。這次是以小學6年級以及國中3年級為對象，追查國語和算數、數學的學習成果。2008年4月舉辦了第二次，更加明確在活用基礎知識的應用問題上有減弱的趨勢。而在都道府縣別的成績上，青森、秋田、富山、福井各縣激烈競爭中。

　　於2002年導入的現行學習指導要領，是被喻為寬鬆教育的總結。它以每週上課5日制、以及教育內容的嚴選、還有以探討追求橫跨各學科的主題而進行體驗活動的「綜合性的學習時間」為主軸，重視自我學習思考的「活用能力」至今。寬鬆教育路線，乃始於對劃一性的填鴨式教育的反省。

　　然而，2006年實施的PISA（國際學生能力評量計劃）的結果，卻辜負了期待。結果顯示，科學應用能力從第2名變成第6名，數學應用能力從第6名變成第10名，解讀能力從第14名變成第15名，排名分別下滑。寬鬆教育導致學習能力更加低落這樣的危機感漸漸擴散開來，正成為家長對公立學校越發不信任的原因之一。

▲ 寬鬆教育立意雖佳，結果卻造成普遍學力低下、低收入家庭的小孩陷於競爭弱勢等
嚴重的問題。

日本的寬鬆教育

　　長年以來，填鴨式教育就飽受批評，且被認為是扼殺學子創造思考能力的元凶，因此日本文部科學省自1980年代起，便階段性的開始將填鴨式教育轉移至寬鬆教育，並於2002年正式展開。

▲ 開展獨特的潛能與自我價值，是教育的核心任務，透過適性教育及引導，可讓孩子找到屬於自己的方向。

　　寬鬆教育除了減少了三成以上的教學內容之外，還新設了「綜合科」，來促進學生們發揮個性與創造性。同時，公立學校也開始實施週休二日制以減少教師和學生的壓力，並增加學生與家庭、地方互動的時間。

　　然而事與願違，實施至今，寬鬆教育不僅造成了學力普遍的低下，還導致了一種兩極化的現象，那就是收入較高的階層，都會送小孩子上補習班以彌補學校教學的不足，而低收入家庭的小孩相對的就處於競爭的弱勢，想考上好學校、接受良好教育的機會也就越來越低。有鑑於此，文部省已展開修正，「脫寬鬆教育」似乎是今後的趨勢。

フリーターは微減。
しかし年長フリーターは2倍以上に

飛特族略減。但年長的飛特族成長2倍以上

一般飛特族與正式員工的平均年收差異將近4倍，加上無收入的尼特族，
對國家稅收、消費額、與儲蓄額皆有嚴重的負面影響。

フリーターは微減。
しかし年長フリーターは2倍以上に

厚生労働省の『労働経済白書』（2007年版）によると、2003年にピークの217万人にまで達したフリーター数は、以後徐々にその数を減らし現在は約187万人となり、今後も減少する傾向だという。一方、ニートは2002年に大幅に増加してから、毎年64万人と横ばいが続き、2006年に62万人へと若干減少している。

しかし、現在のフリーターやニートが、今後キャリアアップして社会経済を下支えできるようになるかというと、きわめて難しい。『国民生活白書』（2003年版）によると1989年には

フリーター ⓪ 名 飛特族。「フリーアルバイター」❻（free＋Arbeiter）的略語。指沒有固定工作、持續以打工形式從事各種工作的人。

白書 ❶ 名 白皮書（官方報告書）

徐々に ❶ 副 徐徐地、慢慢地

ニート ❶ 名 尼特族。原文為「NEET」（Not in Employment, Education or Training）。指不就業、不上學、也不受職業訓練的人。

フリーターがもっとも多い年齢層は20歳代前半だったが、2001年には20歳代後半にシフトし、30歳代のフリーターは1989年の2倍以上に増加している。つまりかつてフリーターだった人は、現在もフリーターである可能性が高いのである。

　『労働経済白書』でも「年長フリーターには滞留傾向がみられ、年長フリーターの正規雇用化に向けた取り組みの推進が求められている」と指摘されている。

横ばい ⓪ 名 漲跌不顯著、平穩、停滯

キャリアアップして 動 提升能力或資歷。原形為「キャリアアップする」④。
　原文為「career＋up」。

下支えできる 動 能夠支撐某種程度的水準。原形為「下支えする」③，意為
　維持（景氣或股價）某種程度的水準、金額。

シフトし 動 移動位置。原形為「シフトする」①，原文為「shift」。

飛特族略減。但年長的飛特族成長2倍以上

根據厚生勞動省的《勞動經濟白皮書》（2007年版），2003年達到最高點的217萬飛特族人數，之後其數字緩緩減少，現在約為187萬人，據說今後也有減少的傾向。另一方面，尼特族自從2002年大幅增加以來，變化不顯著，持續維持在每年64萬人，2006年略為減少，朝向62萬人。

但是，若提到現在的飛特族或尼特族，今後能不能提升能力，以支撐某種程度的社會經濟，應該極為困難。根據《國民生活白皮書》（2003年版），1989年飛特族最多的年齡層是在20歲世代的前半段，但是2001年轉移為20歲世代的後半段，30歲世代的飛特族，已增至1989年的2倍以上。也就是說，曾經當過飛特族的人，現在也是飛特族的可能性很高。

《勞動經濟白皮書》還指出，「年長的飛特族有滯留的傾向，因此期盼致力於年長飛特族正式雇用化的推動」。

▲ 尼特族和飛特族對國家家稅收、消費額等都造成很大
的負面影響，如何促進就業，為當下亟待解決的課
題。

日本的飛特族與尼特族

「飛特族」一詞取自「Freeter」發音，專指除了學生和已婚婦女之外，靠兼職或打零工維生的人。飛特族從事的工作大多技術含量不高，很難提升他們的職業能力，對日後找尋正式的工作並無助益，而年紀較長的飛特族，更是難上加難。

至於「尼特族」，原文為NEET（Not in Employment, Education or Training），意指沒工作、不受教育、也不進修的遊手好閒人士。除了部份因經濟不景氣、找不到正式工作的飛特族之外，有不少的尼特族和飛特族都是為了追求非現實的夢想或抱持著及時行樂的心態，而放棄計畫性的就業。

據悉，一般飛特族與正式員工的平均年收差異將近4倍，加上無收入的尼特族，對國家稅收、消費額、與儲蓄額皆有嚴重的負面影響。此外，這兩個族群也逐漸形成了「新貧窮層」與「社會貧富差距擴大」的現象，如何促進就業，的確是當下亟待解決的課題。

約4割の父親が子どもと接する
時間不足に悩む

約4成的父親因和小孩相處的時間不足而苦惱

如果男性能和女性一樣，把家務也當作是自己應盡的責任，

並多給家庭一些時間，那麼親子相處時間過短的問題，就能獲得改善。

約4割の父親が子どもと接する時間不足に悩む

　　国立女性教育会館の実施した『家庭教育に関する国際比較調査』によると、日本の父親が平日に子どもと過ごす平均時間は3.1時間で、タイや米国など6カ国のうち韓国に次いで低い。一方で母親が平日に子どもと過ごす平均時間は7.6時間と6カ国中最長で、父親と母親の差は4.5時間にもなる。食事の世話をする父親の割合も10.1％で最も低く、母親に家事や育児の負担が偏っていることを見て取ることができる。

　　日本女性学習財団がほぼ同じ内容について94年に実施した調査では、日本の父親が平日に子どもと過ごす時間は3.3時間

割 ⓪ 造語 十分之一、～成

接する ③ ⓪ 動 接待、相處

悩む ② 動 煩惱、苦惱

次いで 動 接著、次於、亞於。原形為「次ぐ」⓪。

世話 ② 名 照顧、幫助

で6カ国中最低で、今回さらに0.2時間減った。子どもと過ごす時間が最も長いタイ（5.9時間）のほぼ半分程度だ。94年に比べ、「子どもと接する時間が短い」と悩む父親は、27.6％から41.3％に増えており、調査では「子どもにもっと接したいのにできないという意識の表れ」としている。

割合 ⓪ 名 比例、比率

偏っている 動 偏、偏於。原形為「偏る」③。

見て取る ① 動 視破、看透、看清

ほぼ ① 副 大約、大致、大體上

表れ ④⓪ 名 表現、結果

約4成的父親因和小孩相處的
時間不足而苦惱

　　根據國立女性教育會館所實施的『有關家庭教育之國際比較調查』，日本的父親在平日和小孩一起度過的平均時間為3.1小時，在泰國或美國等6個國家當中，是僅次於韓國最短的。另一方面，母親平日和小孩一起度過的平均時間為7.6小時，是6個國家中最長的，父親和母親之間的差距竟成為4.5小時。照顧飲食的父親比率為10.1％也是最低的，可以看出家事或是育兒的負擔，都偏向於母親。

　　就大致相同的內容，日本女性學習財團於1994年所做的調查裡顯示，日本的父親平日和小孩一起度過的時間為3.3小時，是6個國家中最短的，而這次更減少了0.2小時。幾乎是和小孩一起度過時間最長的泰國（5.9小時）的一半程度。和1994年相比，煩惱「和小孩相處時間太短」的父親，從27.6％增加成41.3％，調查裡認為「這是想和孩子有更多相處卻沒有辦法做到這樣的意識的表現」。

▶ 每年11月15日是日本的「七五三節」，除了至神社參拜祈求孩童健康成長，有的家庭也會拍攝難得的全家福紀念照。

打破傳統迷思與意識改革

在歐美先進國家,父親積極參與家事、育兒等家務已相當普遍,而且被認為是理所當然、天經地義的事。但同是先進國的日本,這方面卻相當落後。這不得不歸咎於根深蒂固的「男主外、女主內」等傳統迷思,以及社會缺乏男性投入家務的風氣與認同。

▲ 打破傳統的迷思與意識改革,才能徹底改善父親和小孩相處時間過短的問題。

雖然現代的男性已不斷地調適修正自己,盡量參與家務,但在心理認知和責任歸屬上,男性通常還是以工作為先,不像大多數的女性,只能做些犧牲,來配合家庭的需要。如果男性能和女性一樣,把家務也當作是自己應盡的責任,並多給家庭一些時間,那麼親子相處時間過短的問題,就能獲得改善。

當然,除了個人意識的改革,企業的響應支援、國家率先擬定完善的制度,來營造男性方便參與家務的風氣與環境,也是不可或缺的。

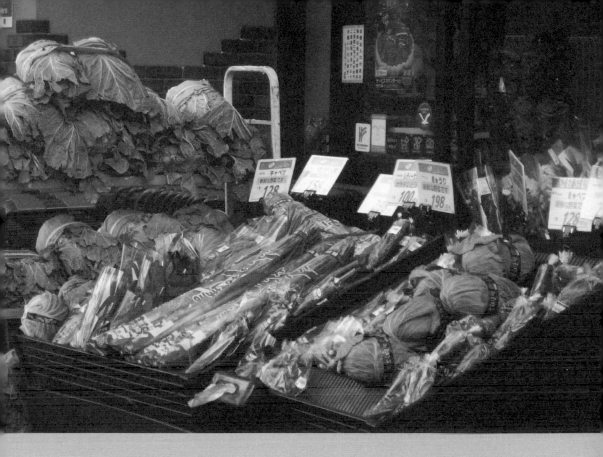

食料自給向上への道のりはなお険し

往提升食糧自給率的路途依然困難

日本政府目前正積極推動「食育」，
也就是讓民眾重新認識傳統日本飲食的好處，並促進農民與企業合作，
鼓勵年輕人務農等措施，以確保國民食糧安定的供給。

食料自給向上への道のりはなお険し

　2007年度の日本の食料自給率はカロリーベースで40％。仮に
いま、日本の食料輸入がすべてストップしたとすると、現在の
国民一人当たりの供給熱量2,548キロカロリーは、996キロカロ
リーに激減する。

　世界の主要先進国と比較すると、日本の自給率の低さは際
立っている。農水省が試算した2003年の数字で見ると、食料輸
出国の豪州、米国が100％を超えるのは当然としても、農業大
国のフランスは122％、英国で70％、最も低いスイスでも49％
を確保している。

向上 ⓪ 名 提高、進步、改善

道のり ⓪ 名 路程、路途

険し イ形 險峻的、險惡的、艱險的、困難的。原文為「険しい」③，但因此
　　字位於「標題」，須以名詞呈現，所以名詞化後，變成「険し」。

カロリー ① 名 卡洛里（熱能計算單位）。原文為「caloie」。

ベース ① 名 基礎、基準。原文為「base」。

　自給率の低さは、農業の競争力の違いに由来する。まず農家一戸当たりの平均農地面積でみると、米国の195.6ha、フランスの50.4ha、英国の55.5ha、スイスの17.0haに比べ、日本は4.9ha（兼業農家を含むと1.9ha）しかない。

　政府は2015年度に食料自給率45％の達成を目標にしているが、達成は極めて難しい状況である。

輸入 ⓪ 名 輸入、進口。相反詞為「**輸出**」⓪，意為「輸出、出口」。

際立っている 動 顯著、顯眼。原形為「**際立つ**」③。

由来する ⓪ 動 來歷、由來

兼業 ⓪ 名 兼營副業

極めて ② 副 極、非常

往提升食糧自給率的路途依然困難

2007年度的日本食糧自給率，以卡洛里基數來計算的話是40％。假設現在日本全面停止食糧進口的話，現在每一位國民的供給熱量，會從2,548卡洛里驟減為996卡洛里。

若和世界主要先進國相比，日本的自給率明顯偏低。從農林水產省試算的2003年的數字來看，就算食糧輸出國的澳洲、美國超過100％為理所當然，但是農業大國法國也保有122％、英國是70％，連最低的瑞士也有49％。

自給率之所以低，乃源自農業競爭力不同。首先，以每一戶農家的平均農地面積來看的話，和美國的195.6公頃、法國的50.4公頃、英國的55.5公頃、瑞士的17.0公頃相比，日本只有4.9公頃（若含兼營其他職業的農家則為1.9公頃）。

雖然政府把2015年度食糧自給率達到45％當成目標，但要達成將極為困難。

▲ 近年來日本除了主食自給率偏低，連蔬果類也多有進口。美國的青花菜、玉米、紐西蘭的南瓜、中國或泰國的香菇，以及來自歐洲的番茄等，逐漸取代了日本國產的蔬菜。

日本食糧自給率低下的原因與對策

日本食糧自給率低下的原因主要有三：第一為日本人飲食生活西洋化，據悉，和60年代比較起來，個人白米消費量已減少到一半，相對的，油脂類卻增加到3倍，肉類更是增加到5倍。四大穀物當中，日本因風土的關係，

▲ 飲食習慣改變、大量進口廉價農產品和生產者高齡化等問題已嚴重威脅日本農業的基礎。

除了稻米之外，小麥、玉米、大豆幾乎得全靠進口，再加上生產油脂、肉類的畜產業所需要的飼料也必須仰賴進口，因此，飲食生活的改變可說是日本食糧自給率低下的一大主因。

第二，近年來因外食和食品加工業的發達，大量廉價的進口農產品，很快的就取代了國產品。第三，因不敵進口農產品的競爭、生產者高齡化等問題，棄耕的農地增加，使日本農業的基礎遭受動搖。

為了遏止這個頹勢，政府目前正積極推動「食育」，也就是讓民眾重新認識傳統日本飲食的好處，例如多吃米飯、魚類和蔬菜，並促進農民與企業合作，鼓勵年輕人務農等措施，以確保國民食糧安定的供給。

▲ 東京池袋的動漫專賣店

入場者数は過去最高。
東京国際アニメフェア2009

入場人數創新高。東京國際動畫展2009

日本動漫主題舉凡運動、科幻、美食、上班族的辛酸、溫馨家庭……，
可說是無所不包，應有盡有。
衍生出的周邊商品從玩具到各種生活用品，亦繁不勝數，可見日本人對動漫的喜愛。

入場者数は過去最高。
東京国際アニメフェア2009

　　東京ビッグサイトで世界最大級のアニメ展示会「東京国際アニメフェア2009」が開かれた。国内のテレビ、アニメ会社を中心に、海外を含め255社が出展、入場者数は過去最高の約13万人を集めた。

　　アニメフェアは、東京都などが加わった実行委員会が主催しており、今年で8回目。見本市と来場者向けのイベント、アニメ作品を選定するコンペティションの3つで構成される総合展示会だ。4月から放送される「ドラゴンボール改」や「鋼の錬金術師」などの最新アニメの映像を流すのはもちろん、高さが

アニメ ❶❶ 名 動畫。簡稱，原文為「アニメーション」❸「animation」。

フェア ❶ 名 展覽、（定期）集市、樣品展銷市場。原文為「fair」。

加わった 動 增加了。原形為「加わる」❶❸，意為「增加」。

見本市 ❷ 名 樣品展銷市場

イベント ❶ 名 活動、比賽項目。原文為「event」。

コンペティション ❸ 名 競爭、競技、競賽。原文為「competition」。

約5メートルある「機動戦士ガンダム」の壁画、劇場版アニメ「崖の上のポニョ」の海のシーンを再現したオブジェなどが登場した。

　　不景気の影響で出展企業は、前回の約290社から255社に減ったものの、過去最高の入場者数を更新する盛況となった。実行委員会事務局は「来場者の滞留時間も増えており、前回よりも確実に盛り上がっている」と胸を張る。海外からの来場者も増えているといい、アニメ王国日本の力を見せつけた。

流す ❷ **動** 使～流動、流傳、流放、洗去、停止

オブジェ ❶ **名** 現代藝術手法之一，在作品中使用石頭、木片、金屬等等物品的前衛藝術作品。原文為「objet」。

張る ⓪ **動** 擴展、展開、張掛。「胸を張る」意為「挺胸」。

見せつけた **動** 展現了。原形為「見せつける」⓪④，意為「賣弄、炫耀」。

入場人數創新高。東京國際動畫展2009

　　東京國際展示場Big Sight，舉辦了世界最大型的動畫展示會「東京國際動畫展2009」。該展以國內的電視、動畫公司為中心，包含海外共255家公司參展，入場人數為史上最高，共約聚集了13萬的人潮。

　　動畫展是由加上東京都等的執行委員會所主辦，今年為第8屆。該展是由樣品展銷市場，以及針對參加者的活動、選定動畫作品的競賽等3項所組成的綜合展示會。除了播放從4月開始上映的「七龍珠改定版」或是「鋼之煉金術師」等最新動畫影像不說，高約5公尺的「機動戰士鋼彈」的壁畫、再現電影版動畫「崖上的波妞」海的場景的前衛藝術等也登場了。

　　受到不景氣的影響，儘管參展的企業從上次的約290家，減少成255家，但卻是更新過去最多入場人數的盛況空前。執行委員會事務局得意的表示：「不但入場者停留的時間增加了，也的確比上一屆熱鬧」。據說來自海外的參觀者也增加了，展現了動畫王國的日本的威力。

▶ 轟立在台場Diver City的鋼彈巨像，18公尺的原寸氣魄震撼力十足！

為什麼日本人喜歡動漫

曾造訪日本秋葉原的朋友，觸目可見的熱門動漫周邊商品應讓您印象深刻。據調查，約有半數的日本人，都有觀賞電視動畫的習慣。或許大家會感覺訝異，真的有這麼多人在看嗎？其實光就日本動漫題材廣泛這一點來看，便可窺出端倪。

▲ 日本人對卡通的喜愛可從專賣店、周邊商品之繁多而窺見端倪。

不論是小朋友熱愛的「麵包超人」、「神奇寶貝」，或是適合全家欣賞的「蠑螺太太」、「哆啦A夢」、「蠟筆小新」，還是讓年輕人癡迷的「涼宮春日」、「一騎當千」、「海賊王」、「鋼之鍊金術師」、「火影忍者」、「機動戰士鋼彈」，舉凡運動、科幻、冒險、料理美食、上班族的辛酸、溫馨家庭⋯⋯，可說是無所不包，應有盡有。

此外，以動漫人物為核心的商業策略也是功不可沒。以在日本享有絕大人氣的「凱蒂貓」、「神奇寶貝」動漫人物形象商品為例，從玩具到各種生活用品，亦繁不勝數，可見日本人對動漫的喜愛。

▲ 衣著華麗的蘿莉塔時尚

カワイイ大使が日本の若者文化を
世界に発信

可愛大使將日本年輕人的文化，發送給全世界

蘿莉塔原來只是被當作青少年為滿足自己的表現慾和獲取群體認同的一種次文化，
近年來已搖身一變，成為日本行銷戰略有力的籌碼。

カワイイ大使が日本の若者文化を世界に発信

　　日本の若い女性のファッションを世界に発信しようと、外務省は「ロリータファッション」などに身を包む3人の「ポップカルチャー発信使」（通称カワイイ大使）を任命した。

　　大使に任命されたのは若い女性のファッションをリードする3人で、2009年2月26日に任命式が開かれた。そのうちの1人がロリータファッション界のカリスマモデル、青木美沙子さん。現役の看護師で、休日や夜勤明けに、写真撮影などのモデルの仕事をこなす。女優、藤岡静香さんも大使に任命。「制服コーデ

発信 動 發信、發送。原形為「発信する」0，意為「發信、發送」。

ロリータファッション 5 名 蘿莉塔時尚。原文為「Lolita＋fashion」。這種風格的典型是穿及膝裙，裙裡再穿紗裙或泡褲，以達到散開的效果。通常還以過膝襪或及膝襪配襯，上面印有玫瑰或皇冠圖案，而且還是有蕾絲花邊或荷葉邊的。

包む 2 動 包上、包圍、隱藏

ポップカルチャー 4 名 大眾文化。原文為「pop culture」。

ィネートの魔術師」と呼ばれ、制服ブランドのアドバイザーなども務める。もう1人は、自分で古着を加工するなどして可愛さを強調する「原宿系ファッション」を代表する木村優さん。

　外務省は、経済力、政治力だけによらない外交を進めるため、日本発の文化である漫画やアニメにまず着目。昨年3月の「アニメ文化大使」の「ドラえもん」に引き続き、今回は第2弾だ。

カリスマ ⓪ 名 神授的超自然能力、魅力。原文為德語的「Charisma」。

明け ⓪ 名 黎明、期滿終了、結束後立刻

こなす ⓪ 動 弄碎、消化、做完、賣完、掌握

コーディネート ④① 名 事物的調整、衣服或配件的搭配。原文為「coordinate」。

アドバイザー ③ 名 顧問。原文為「adviser」。

務める ③ 動 擔任

可愛大使將日本年輕人的文化，
發送給全世界

　　為了將日本年輕人的流行發送到世界，外務省任命了具有「蘿莉塔流行」等特質的3人，做為「大眾文化發信大使」（通稱為可愛大使）。

　　被任命為大使的，是領導年輕女性流行的3位，並於2009年2月26日舉辦了任命儀式。其中一位，是蘿莉塔流行界的名模青木美沙子小姐。她目前擔任護士工作，在假日或是夜間勤務結束後，從事相片攝影等模特兒工作。此外，也任命女演員藤岡靜香小姐為大使。她被稱為「制服搭配的魔術師」，也擔任名牌制服的顧問等工作。另外一位，是自己將舊衣服加工等，代表強調可愛的「原宿系流行」的木村優小姐。

　　外務省為了推展不只限於經濟力、政治力的外交，首先致力於發源自日本的文化——漫畫和動畫。延續去年3月「動畫文化大使」的「哆啦A夢」，這次是第2彈。

▶ 近年來由於日本蘿莉塔風靡世界，有不少海外的愛好者專程前往原宿朝聖。

TAKESHITA
STREET
竹下通り
OTTERIA
B1F
2F
190席
インターネットカフェ
TTERIA
消火栓
コミック＆
インターネットカフェ
kid's

源起日本、風靡世界的蘿莉塔

在澀谷、原宿等時尚發源地，常可看到身穿蓬裙、公主袖、荷葉邊等特殊設計服裝，頭戴迷你禮帽、蝴蝶結頭飾，腳踏俏麗圓頭平底鞋或馬頭鞋的年輕女性。這與眾不同的個性裝扮，正是源起於日本，並延燒全球的蘿莉塔時尚。

蘿莉塔一詞，原為50年代著名小說的書名，也是女主角的小名，而主角的裝扮，正是當今蘿莉塔的典型。在日本興起的蘿莉塔，也因英國維多利亞、哥德、法國洛可可等不同風格的影響和啟發，進而衍生出甜美蘿莉、哥德蘿莉、古典蘿莉、龐克蘿莉、鄉村蘿莉與和風蘿莉等個性獨具的蘿莉支派。

蘿莉塔原來只是被當作青少年為滿足自己的表現慾和獲取群體認同的一種次文化，有鑒於世界的關注，近年來已搖身一變成為日本政府欲積極保護的文化財之一與日本行銷戰略有力的籌碼。

▲ 搭上腦部訓練熱潮，一時間商機無限

文部科学省も脳トレに注目？！

文部科學省也致力於腦部訓練？！

日本文部科學省自2008年起，展開了一項為期五年的「腦科學研究戰略推進計畫」，
推動「對社會有貢獻的腦科學」研究。

文部科学省も脳トレに注目？！

　2005年に発売された任天堂のゲームソフト「脳を鍛える大人のDSトレーニング」の大ヒット以来、脳を鍛える「脳トレ」のブームが爆発。書籍、ゲーム、テレビ番組など、マスコミは脳トレ一色だ。

　しかし、はやり物は玉石混淆になるのが世の常。科学的根拠があいまいなまま、あたかも事実として伝えられ、それが誤った常識として広まってしまったり、「脳に効くサプリ」のようなまがいものがはびこったりする危険性もある。

　そんな中、文部科学省は、2008年度から5か年計画で「脳科学研究戦略推進プログラム」をスタートした。その一環として

鍛える ③ 動 鍛造、鍛錬

一色 ④ ⓪ 名 清一色、全部

あたかも ① 副 恰似、宛如、恰值、正好

サプリ ① 名 健康輔助食品。「サプリメント」① 的省略，原文為「supplement」。

2009年から、社会行動を担う「社会脳」、生命活動や健康にかかわる「健康脳」、情報処理をつかさどる「情報脳」に区分して、対人関係や健康面での問題の解決の手がかりをつかもうとする新規事業を開始する。こうした研究による成果は、また新たな脳ブームを生むかもしれない。

まがいもの **0** 名 贗品、偽造品

はびこったり **動** 蔓延。原形為「蔓延る」**3**，意為「（草木）叢生、蔓延、瀰漫、橫行、猖獗」。

つかさどる **4** **動** 管理、掌管

手がかり **2** 名 抓點、（偵查或調查的）線索

文部科學省也致力於腦部訓練？！

自從2005年發售的任天堂遊戲軟體「鍛鍊腦部的大人DS訓練」熱賣以來，便爆發了鍛鍊腦部的「腦部訓練」熱潮。書籍、遊戲、電視節目等，媒體清一色全是腦部訓練。

然而，流行的東西會變成好壞不分乃世間常有的事。科學上的根據還處於曖昧不明中，就當成好像事實般被流傳，那將造成錯誤的常識擴散開來，或是像「對腦子有效的營養輔助食品」之類的贗品蔓延開來等危險性。

就在那當中，文部科學省在2008年度開始的5年計畫裡，啟動了「腦部科學研究戰略推動計畫」。而視為其中一環的，是從2009年開始，將之區分成擔任社會行動的「社會腦」、和生命活動或健康有關的「健康腦」、掌管資訊處理的「資訊腦」，展開視為掌握人際關係、或是在健康方面解決問題的線索這樣的新事業。這樣研究出來的成果，也許又會衍生新一波的腦部風潮。

▲ ▶ 搭上腦部訓練風潮，許多遊戲
公司紛紛推出號稱能活化腦力
的軟體，甚至與電視台知名問
答節目合作，創造新的商機。

日本腦科學研究戰略推進計畫

隨著社會高齡化、多樣化與複雜化的進展，各式各樣亟待解決的課題也接踵而至，具高度科學與社會意義的腦科學研究，也因此備受矚目與期待。

▲ 自「腦訓練」的熱潮爆發以來，除了媒體爭相報導之外，市面上有關腦訓練的遊戲軟體和書籍也是繁不勝數。

有鑑於現代社會的狀況與需要，日本文部科學省自2008年起，展開了一項為期5年的「腦科學研究戰略推進計畫」，以推動「對社會有貢獻的腦科學」研究，並計畫將研究成果反應社會、還原社會。

初年度的目標在藉由解讀腦內情報、理解腦部機能，進而恢復、補充腦部和身體機能等課題的開發。第二年則著眼於支持社會行動的腦基盤計測、支援技術的開發，目標闡明並診斷人類社會性障礙，進而促進社會性的健全。而今年則放眼在支持健全人生的腦科學，也就是藉由闡明腦機能和環境因子的相互作用機制，以達到生涯健康腦的目標。研究事業的實施機關由文部科學省公開招募。

▲ 旗海飄揚的日本選舉

なぜ禁止？
インターネットを使った選挙運動

為何禁止？使用網路的競選活動

日本的公職選舉法是在1950年，統合多項舊法條文的形式而制定的，

內容多以大正時代制定的法律為基礎，爾後另行追加與修正，

目前共275條條文，不僅冗長繁瑣，亦不乏落伍之處。

なぜ禁止？
インターネットを使った選挙運動

　今年（2009）は、政権選択を問う衆議院議員選挙が必ず行われる。有権者が政策を比較するマニフェスト（政権公約）の明確化に各党が努めるべきことはもちろんだが、まだまだ改善しなければならない点は山ほどある。例えばインターネットを使った選挙運動の解禁だ。

　オバマ大統領を誕生させた米大統領選は、選挙で国民が政権を選択する躍動感を印象づけた。一方、日本を見てみると次期衆院選がアメリカのように躍動感が溢れたものとなるかは、有権者の関心をいかに高められるか次第だろう。

インターネット 5 名 網路。原文為「internet」，也可用「ネット」0。

有権者 3 名 有權力者、有選舉權的人

マニフェスト 3 名 宣言、聲明書、政見。原文為「manifesto」。

印象づけた 動 給人〜印象了。原形為「印象づける」6，意為「給人〜印象」。

　公職選挙法は「べからず集」と呼ばれるほど、規制に主眼を置いている。例えば、立候補届け出日から投票前日まで「選挙運動期間」を設け、戸別訪問などを厳しく制限している国はほとんどない。ホームページですら、法定外の「文書図画」とされ、公示後の更新は制限される。

　米大統領選では、インターネットを通じた小口献金が威力をみせつけた。国民が政党、政治家の主張にふれるうえで、今やインターネットは不可欠だ。ルールが不備なまま事実上の野放し状態になることを防ぐ意味からも、早急な法整備が必要だ。

主眼 ⓪ 名 著眼點、重點
立候補 ③ 名 候選人
小口 ⓪ 名 小額、少量
野放し ② 名 放牧、放任不管、任其發展

為何禁止？使用網路的競選活動

　　今年（2009），問鼎政權選擇的眾議院議員選舉一定會舉行。雖然讓有選舉權的人比較政策的宣言（政見）明確化是各個政黨應努力的，但非改善不可的地方依然堆積如山。例如使用網路的競選活動的解禁就是。

　　讓歐巴馬總統誕生的美國總統選舉給人的印象，是國民在選舉中選擇政權的躍動感。而另一方面，如果試著去看日本的話，下一期眾議院的選舉能否變得像美國一樣充滿躍動感，應是取決於如何提高選民的關心吧。

　　公職選舉法甚至被稱為「禁止事項全集」般，主要著眼於限制。例如幾乎沒有國家，會把從申請為候選人那天開始，直到投票前一天為止，設定成「選舉活動期間」，嚴格規定不准挨家挨戶拜訪等等。就連網頁，也被認定為法律規定外的「文書圖畫」，限制公告後的更新。

　　在美國總統選舉當中，讓人見識到透過網路小額捐款的威力。現在，在國民要接觸政黨、政治家的主張時，網路已不可或缺。若從杜絕法規不完備導致事實上的放任不管狀態這層意義來看，也有必要及早進行法律上的修訂。

▲ 即使在網際網路發達的現在，日本的公職選舉法卻無有關使用的明文規定。

亟待改善的日本公職選舉法

　　日本的公職選舉法是在1950年，以統合眾議院議員選舉法、參議院議員選舉法、地方自治法等條文的形式而制定的，內容多以大正時代制定的法律為基礎，爾後另行追加與修正，目前共275條條文，不僅冗長繁瑣，亦不乏落伍之處。

　　以選舉活動期間，不得更新網頁為例，即使在網際網路發達的現在，公職選舉法尚無使用網際網路的明文規定，但因網頁被歸類到第142條規制的文書圖畫裡，所以選舉活動開始後，不得更新。類似這些不符合時代的條文確實亟待改善。

　　為了杜絕金權政治的流弊，構築清廉、公平的選舉環境，法中禁止、規制的條文事項非常的多，多到公職選舉法被諷為這也不行、那也不行的「べからず集」（禁止事項全集）。立意雖美，但如何在不觸法的情況下，將自己的政策有效傳達給選民，的確讓候選人傷透腦筋。

▲ 國會議事堂

日本も本格的な二大政党制時代へ

日本也走向真正的二大政黨制時代

日本眾議院選舉從1996年正式啟用「小選舉區比例代表並立制度」制度，
因有利大黨不利小黨，對形成穩定的兩黨政治很有貢獻。
未來的日本將與其他民主先進國家一樣，政黨輪替將成為常態。

日本も本格的な二大政党制時代へ

　一般に、二大政党制とは、小党分立あるいは多党制に対比され、2つの巨大政党が交互に単独政権を形成していく政治形態をいう。米国の共和党と民主党が典型例で、ほかにはオーストラリア、ニュージランド、カナダなど、世界では少数派だ。政権が安定しやすく、選挙において有権者の選択が容易であるというメリットがある反面、国民の異なる利害を機械的に2つの政党に割り振るため、代表の原理を歪曲しやすく、政権交代で政策の持続性が失われるデメリットがある。

　日本では自民党と民主党による二大政党制への移行が確実に進んでいる。公明党、共産党、社民党、国民新党などの小政党

本格的 0 ナ形 正式、真正

メリット 1 名 功績、優點、利益。原文為「merit」。相反詞為
「デメリット」2，原文為「demerit」意為「缺點」。

利害 1 名 利害、利弊

割り振る 3 動 分配、分派

も依然根強い支持を得てもいるが、2003年に旧民主党と自由党が合併し現在の民主党が誕生して以来、選挙のたびにその傾向が強くなっている。

今年（2009）行われる衆議院議員選挙が政権選択の選挙といわれるのは、こうした理由からだ。

歪曲し 動 歪曲、扭曲。原形為「歪曲する」0。

失われる 動 被失掉、被錯過。原形為「失う」0，意為「失去、錯過」。

移行 0 名 過渡、移轉、移交

根強い 3 イ形 根深蒂固的、不易動搖的

日本也走向真正的二大政黨制時代

　　一般來說，所謂的二大政黨制，指的是和小黨林立或者是多黨制成對比，形成二大政黨交互單獨執政的政治形態。美國的共和黨和民主黨就是典型範例，其他還有澳洲、紐西蘭、加拿大等等也是，在世界上算是少數派。雖然二大政黨制有政權比較容易穩定、在選舉上有選舉權的人比較好選擇這些優點，但是相反的，也會因為機械式地將國民不同的利害得失分配給二個政黨，所以有容易扭曲（政黨）代表的原理、在政權輪替時會失去政策的持續性這些缺點。

　　在日本，轉移成自民黨和民主黨這二大政黨制，正確實地進行著。公明黨、共產黨、社民黨、國民新黨等小黨雖然依舊擁有根深蒂固的支持，但是自從2003年舊民主黨和自由黨合併誕生了現在的民主黨以後，每到選舉，其傾向便愈加強烈。

　　今年（2009）舉辦的眾議院議員選舉之所以被喻為政權選擇的選舉，就是因為這個理由。

▲ 未來的日本也將與其他民主先進國家一樣，政黨輪替成為常態。

日本眾議院的選舉制度與政權交替

　　日本眾議院選舉採用的是「小選舉區比例代表並立制度」。簡單來說，投票人要投兩張票，一張是投給個人的「小選區票」，另一張是投給政黨的「比例代表票」。日本目前共有300個小選舉區，由最高得票者當選，至於比例代表區，則在選舉結束後，根據各黨的得票比例來分配180個議席。這個從1996年正式啟用的制度，因有利大黨不利小黨，對形成穩定的兩黨政治很有貢獻。

　　此外，在2009年8月、日本第45回眾議院議員總選舉，結果由在野的民主黨以遠超過半數的308席次獲得大勝，結束了自民黨超過半世紀以上，幾乎未曾中斷的政治壟斷局面。民主黨這次的大勝可說是日本戰後政治史上的歷史性突破，也是日本兩大政黨制度以趨向成熟的證明。未來的日本將與其他民主先進國家一樣，政黨輪替將成為常態。

▲ 霞關中央官廳

キャリア官僚制度に終止符

高級官僚制度畫下休止符

2008年5月，日本國家公務員制度改革基本法成立，
將局長級以上幹部人事一元化，同時廢止「高級官僚制度」，
期能杜絕坐領高薪的「退休肥貓」。

キャリア官僚制度に終止符

　2008年5月、国家公務員制度改革基本法が成立し、これまで
なかなか進まなかった公務員制度改革が大きく前進した。

　　基本法のポイントは大きく2つある。第一は局長級以上の幹
部人事の一元化だ。従来は省庁ごとに人事案を作成し、官房長
官がそれを承認する形だった。しかし今後は、内閣官房に「内
閣人事局」を設置し、すべての省庁について官房長官が適性を
審査して候補者名簿を作る。それをもとに、大臣が首相・官房
長官と協議して任免する仕組みだ。人事への影響力を各省庁か
ら官邸に移すことで、官僚の意識を省益から国益に向かわせる
狙いがある。

キャリア ① 名 通過國家公務員一類考試，並被中央省廳採用為幹部候補的國
家公務員。

終止符 ③ 名 休止符、句點、終結、歸結

官房長官 ⑤ 名 官房長官。「**内閣官房長官**」① (內閣官房長官) 的略語，負
責統籌內閣官房的事務，以及輔佐內閣總理大臣的政務，職位相當於台灣
的「行政院秘書長」。

第二のポイントは、いわゆる「キャリア制度」の廃止だ。従来の国家公務員採用試験は「一種」「二種」「三種」に区分され、「一種」の合格者だけが幹部として登用されていた。しかし今後は「総合職」「一般職」「専門職」に分けられ、優秀であれば誰でも幹部になる道が開かれた。ただ現実に、「一種」と「総合職」では何が違うのか不透明だ。今後の具体化作業に注目する必要がある。

適性 **⓪** 名 適合某人的性質、適合某種工作的性質

向かわせる 動 使朝向。原形為「向かう」**⓪**，意為「朝向」。

狙い **⓪** 名 瞄準、目標

登用されて 動 被提拔、被任用。原形「登用する」**⓪**，意為「提拔、任用」。

開かれた 動 被開拓。原形「開く」**②**，意為「開放、敞開」。

高級官僚制度畫下休止符

2008年5月，國家公務員制度改革基本法成立，至今始終無法進展的公務員制度改革，大幅向前邁進了。

基本法的要點大致有二。第一是局長級以上的幹部人事的一元化。一直以來，都是每個省廳自行安排人事案，然後再由官房長官對其追認的形式。但是今後，將在內閣官房設置「內閣人事局」，官房長官會就所有的省廳，審查其合適性，製作候選人名冊。這是以此為基礎，再由大臣和首相、官房長官協議而任免的架構。有藉由把人事的影響力，由各省廳轉移到官邸，然後將官僚的意識，由省廳的利益轉化為國家利益的目的。

第二個要點，即所謂的「高級官僚制度」的廢止。一直以來的國家公務員任用考試，皆區分為「一類」、「二類」、「三類」，只有「一類」的合格者，才能以幹部的身分受重用。但是今後，將區分為「綜合職」、「一般職」、「專門職」，只要夠優秀，不管是誰，成為幹部之路都將更寬廣。只是在現實上，「一類」和「綜合職」有什麼不同這件事，是不透明的。針對今後具體化的作業，有注意的必要。

▶ 霞關位於東京都千代田區，是日本中央政府機關的集中地。

為什麼要廢除官僚制度？

「キャリア官僚（かんりょう）」指的是通過國家「一類」考試，被採用為幹部候補的高級官僚。為什麼日本要極力廢除官僚制度，那就要先了解什麼是「天（あま）下（くだ）り」。

▲ 「天下り（あまくだ）」被認為是國家公務員濫用特權而飽受輿論抨擊。

原則上，公務員的退休年齡為60歲，但因高階層的職位有限，便會獎勵升不上去的高級官僚提早退休，雖非法定的制度，卻是歷時已久的習慣。為了保障這些早期退休官僚的職業與收入，中央省廳多居中斡旋，使其就職於民間企業或法人團體。民間為了確保對官廳溝通的人脈或情報收集，並利用退休官僚的技術與見識，也會空出要職，迎接這些退休官僚來就任。這些空降部隊，就是「天下り（あまくだ）」。

「天下り（あまくだ）」之所以被強烈抨擊，是因為很多再就職的官僚，只是空有其名，卻無工作之實，一年只要去公司亮相幾天，就能享有高額的薪資與豐厚的退休金，這無疑是濫用特權的現象，唯有徹底改革國家公務員制度，才能杜絕這些陋習吧。

WLB（ワーク・ライフ・バランス）は
企業競争力の強化に効果

WLB（工作與生活的平衡）對企業競爭力的強化有效果

由日本政府與民間共同推動的「工作型態改革」，
期盼達到勞工工作與生活協調。
普遍認為此舉能「確保優秀人才」、「提高勞動意願」，對企業經營確有幫助。

WLB（ワーク・ライフ・バランス）は
企業競争力の強化に効果

政府は2008年を「WLB（ワーク・ライフ・バランス）元年」と位置づけ、官民を挙げた「働き方改革」を推進している。2007年末には、その根拠となる「憲章」と、国や企業などが取り組むべき施策を示した「行動指針」を策定した。憲章では、10年後に週60時間以上働く雇用者を半減させ、男性の育児休業取得率を0.5％から10％に高めるなど、社会全体で達成すべき数値目標も盛り込んでいる。

日本経済新聞社が東証一部上場と未上場有力企業を対象に2007年に実施した調査（回答392社）では、WLBの推進は「経

ワーク・ライフ・バランス 7 名 工作與生活的平衡。原文為「work-life balance」。

取り組む 3 0 動 互相扭住、致力

休業 0 名 停業、歇業

盛り込んでいる 動 考慮進去、放進去。原形為「盛り込む」 3 0，意為「將所有的事情一起考慮進去、將東西放進去」。

営にプラス」とする回答が93.1％にのぼり、その理由として「優秀な人材の確保につながる」（91.3％）、「労働意欲が高まり生産性が上がる」（88.5％）などが挙げられている。

　「男は仕事一筋」とか「生活を犠牲にしても出世に燃える」といった男性本位の古い勤労観はすでに大きく変わり始めているようだ。

上場 ⓪ 名 （股票、商品等在交易所）上市、開始交易。

プラス ⓪ ① 名 加分、有利、有幫助、有好處

一筋 ② ナ形 專心一意

燃える ⓪ 動 燃燒、耀眼、冉冉上升、（熱情）洋溢

WLB（工作與生活的平衡）
對企業競爭力的強化有效果

　　政府將2008年設定為「WLB（工作與生活的平衡）元年」，推動讓官方與民間共襄盛舉的「工作型態改革」。2007年末，策劃制定了以其為根據的「憲章」，以及國家或企業等表明應努力實施政策的「行動方針」。在憲章裡，也把10年後每週工作60個小時以上的受雇者減半、男性取得育兒休假率能從0.5％提高到10％等等社會全體應達成的數值目標考慮進去。

　　日本經濟新聞報在2007年以東京證券交易所第一部股票上市以及未上市之有影響力的企業為對象所進行的調查（回答392社）裡指出，認為WLB的推動「對經營有幫助」的回答提高到93.1％，而其理由為「和確保優秀的人材有關連」（91.3％）、「能提高勞動意願、提高生產能力」（88.5％）等等。

　　「男性就是要專心一意地工作」或是「就算犧牲生活也要拚命出人頭地」等等的男性本位的古老勤勞觀念，似乎已開始起了大變化。

▶ 積極推動員工工作與生活的調和，可有效強化企業的競爭力。

工作與生活的調和

　　隨著日本國內外企業間競爭的激烈化、長期的景氣低迷、產業構造的變化，工作不穩定、經濟無法自立的非正式員工大幅增加。另一方面，因工作時間過長、處於身心俱疲狀態的正式員工也是有增無減。再加上社會支援體系趕不上現實社會的變化，勞工對未來感覺不安、對生活無法滿足，這也是社會活力低下和少子化的主要原因。

　　有鑑於此，日本政府和勞工團體、企業在2007年末達成協議，策定了「工作與生活調和憲章」和「工作與生活調和行動方針」，以勞資雙方自主協調、國家和地方公共團體積極協助的方式來實現「只要工作，經濟便可自立」、「可確保經營健康生活所需時間」、「能選擇多樣工作方式、生活方式」的理想社會。

薪ストーブや囲炉裏が自由に設置可能に

柴火暖爐或地爐已可自由安裝

根據日本建築基準法的規定，
不特定多數人使用的建築物或一定規模以上的建築物，
依建築物的規模大小用途，
內部裝潢必須依照政令所規定的技術基準來施工，以確保防火的機能。

薪ストーブや囲炉裏が自由に設置可能に

2009年4月1日、国土交通省は、木造住宅の内装仕上げの幅を狭めていた、「内装制限」を緩和した。1カ月の猶予期間を経て、5月から実施される。

これまで火を使う「火気使用設備」がある部屋は、すべて「火気使用室」とみなされ、天井や壁には準不燃材料（石膏ボード等）以上の性能を持つ材料を使う必要があった。今回の緩和は、戸建て住宅に限って、この定めを緩和したものだ。

最近人気の薪ストーブも、これまでは新築の際にリビングへ設置すると、リビング全体に準不燃材料を使う必要があった。

薪ストーブ 5 名 柴火暖爐。原文為「薪 0 ＋stove」。

囲炉裏 0 名 日本傳統住家設置在地板上的取暖和燒飯用的地爐、炕爐

狭めて 動 縮小。原形為「狭める」3，意為「把間隔、距離、範圍等縮小或縮短」。

緩和した 動 放寬了。原形為「緩和する」0，意為「緩和、放寬」。

猶予 1 名 猶豫、遲疑、緩衝時間

囲炉裏もそうだ。和室に設置しようとしても、従来は内装制限から設置できなかった。これからは規制緩和により、薪ストーブや囲炉裏といった人気のある設備も設置できるようになり、住宅の内装デザインの幅が大きく広がることになる。

火気 ① 名 火、煙火、火勢

天井 ⓪ 名 天花板、物體內部的最高處

準不燃材料 ① 名 準不可燃材料，即比照不可燃材料看待、擁有防火性能的石膏板等指定建築材料。

戸建て ⓪ 名 獨棟住宅，即單門獨戶的房子，也可稱之為「一戸建て」⓪。

定め ③ 名 決定、規定、規則、章程、法律、一定

柴火暖爐或地爐已可自由安裝

2009年4月1日國土交通省，把之前縮小木造住宅內部裝潢幅度的「內部裝潢限制」放寬了。經過1個月的緩衝期，從5月開始實施。

截至目前為止，裝有使用到火的「用火設備」的房間，皆被認定為「用火的房間」，所以天花板或是牆壁，必須使用擁有準不可燃材料（石棉板等）以上性能的材質。這次的放寬，僅限獨棟住宅，才適用放寬這個規定。

最近受到歡迎的柴火暖爐，在此之前，如果新蓋的時候要安裝在客廳的話，整個客廳必須使用準不可燃材料。地爐也是。就算想要安裝在和室房，一直以來因為內部裝潢的限制，所以無法安裝。今後，由於規定放寬，像柴火暖爐或是地爐這樣的人氣設備，也變得可以安裝，住宅內部裝潢設計的幅度，變得既大又廣。

▲ 西式壁爐讓豪宅更添貴氣，新型的壁爐甚至不用設置煙囪

日本內部裝潢的限制

根據日本建築基準法的規定，不特定多數人使用的建築物或一定規模以上的建築物，基於防火上安全性的顧慮，依建築物的規模大小用途，內部的牆壁、天花板等，必須依照政令所規定的技術基準來施工，以確保防火的機能。

▲ 自日本獨棟住宅內部裝潢規定放緩之後，在住家設置地爐、壁爐的願望就更容易實現了。

按過去的規定，使用瓦斯爐、暖爐、地爐等用火設備的「火気使用室」（如廚房），其天花板和牆壁必須全部使用準不燃性能以上的材料。自放緩對獨棟住宅內部裝潢的規定後，只要在用火設備周邊規定的範圍內，按規定的數值使用特定的不燃材料，其他部分使用難燃材或木材即可。

如此一來，廚房可以使用木材、和室可以設置地爐，客廳擺放暖爐的願望也就更容易實現了。雖然仍留有一些規制，但設計者自由揮灑的幅度已擴大了不少。

▲ 現代40歲左右的女性擅於經營自己的人生

アラフォー世代が2008年を牽引

Around forty世代牽動著2008年

40歲前後的女性，不會因為自己的年紀，而輕易放棄追求幸福和理想，

這不僅是女人40一枝花的最佳寫照，也是所有年代模範。

アラフォー世代が2008年を牽引

2008年は底の見えない株価の暴落、米大手証券や国内生保の経営破たん、戦後最長と言われた不景気が幕を引き、戦後最悪の景気後退への不安に包まれた一年であった。

ヒットした商品をみても、プライベートブランド（PB）、5万円台のミニノートパソコン、アウトレット、H&Mなど安さが魅力のものが目立った。

一方で、2008年流行語大賞にも選ばれた「アラフォー」と呼ばれる40歳前後の女性たちが脚光を浴びた。彼女たちは、バブ

アラフォー ⓪ 名 40歳前後的女性。「around forty」的略語。即1980年代中旬那段時間，剛好在高中或大學度過，年約40前後的女性。

大手 ① 名 同一業種資金或生產量等經營規模很大的公司、（城的）正門

生保 ① 名 「生命保険」⑤（人壽保險）或「生命保険会社」⑧（人壽保險公司）的簡稱。

幕 ② 名 幕、布幕。「幕を引く」意為「拉下布幕、閉幕」。

プライベートブランド ⑧ 名 自有品牌。即由超級市場或百貨公司以低價策略自行開發商品的獨立品牌。原文為「private brand」，簡稱為「PB」。

ル期に青春を謳歌した世代で、消費意欲の薄い若者に代わる消

費の担い手として各業界に注目された。アラフォー世代の生き

方を描いたテレビドラマも大きな話題を呼んだ。ドラマの主人

公であった女優の天海祐希、テニスのクルム伊達公子、経済評

論家の勝間和代、お笑い芸人のエド・はるみと、今年活躍が目

立った人物もこの世代が多かった。

アウトレット ④ 名 過季商品或庫存品的特賣商場。原文為「outlet」。

謳歌した 動 謳歌了、歌頌了。原形為「謳歌する」 ① ，意為「謳歌、歌頌」。

脚光 ⓪ 名 舞台前端地板上，一整排幫演員由腳底往上打的光。「脚光を浴び
　る」，意為「登上舞台、受到世人的矚目」。

担い手 ⓪ 名 承擔責任者

お笑い芸人 ⑤ 名 搞笑藝人

Around forty世代牽動著2008年

2008年，是由深不見底的股市大跌、美國大型證券或是國內人壽保險公司經營破產這些被喻為戰後最長的不景氣拉下布幕，是被戰後最嚴重的景氣倒退感到不安所包圍的一年。

就算觀察熱賣的商品，顯然也是自有品牌商品（PB）、5萬日圓前後的迷你筆記型電腦、特賣商場、H&M等價格便宜的東西才俱魅力。

另一方面，被稱為「Around forty」的40歲前後的女性們，也被選為2008年流行語大獎而躍登舞台。這些女性們，是在泡沫時期謳歌青春的世代，她們以取代消費意欲薄弱的年輕人、成為消費的承擔者之姿，在各行各業中備受矚目。描寫Around forty世代生存方式的電視劇，也造成很大的話題。像電視劇中的主角女明星天海祐希、網球的克魯姆伊達公子（Kimiko Date Krumm）、經濟評論家的勝間和代、搞笑藝人的江戶晴美（Edo Harumi），這些今年非常活躍的人物，也多屬於這個世代。

▶ 日劇「アラフォー」（熟女在身邊）探討40歲前後的女性，面臨自我意識與現實上的衝擊，創造了平均14.7%的高收視率，也獲得廣大迴響。

40歲前後的女性

「アラフォー」為「Around Forty」的簡稱，意指40歲前後的女性。這個新語因連續劇「アラフォー」（台灣劇名：熟女在身邊）的叫好叫座而廣為人知。主角「天海祐希」還因此奪下了日本2008年的流行語大賞。

▲ 女人40一枝花，只要不放棄追求幸福和理想，依然可讓美夢成真。

當年流行語大賞另一位得主「エド・はるみ」（江戶晴美）也是「アラフォー」世代的代表，她年近40才踏入搞笑界，同時也是吉本興業附設養成學校當時最年長的學生。雖然常因年紀的關係受到嘲笑，但這些挫折反而讓她衍生出許多好笑的橋段。此外，同年入選美國華爾街日報「值得矚目的50位女性」的「勝間和代」，以及26歲引退，37歲重新復出網球界並創連續佳績的「クルム伊達公子」，也都是這個年代的模範代表。她們的共通點都是不會因為自己的年紀，而輕易放棄追求幸福和理想，這不僅是女人40一枝花的最佳寫照，也是所有年代模範。

日本人と正月

日本人和新年

自1873年日本改用新曆之後，除了沖繩縣、鹿兒島縣的奄美諸島等地，
大部分過的是新曆年。

日本人と正月

　旧年から新年へ。正月こそ日本の年中行事の中で、最も重要なイベントだろう。「正月とは、もともと祖先の神を迎える祭りごとの行事として、盛大に行われてきた行事」といわれている。

　伝統的にみると、12月13日のすす払いから始まり、新仏を出した家の墓参り（20日）、門松、しめなわなどの用意（28日）と続く。クライマックスの大みそか（31日）には、家族で深夜まで起きて神の訪れを待つ。そして百八の煩悩を消すという除夜の鐘を聞きながら、年越しそばをすする。

每天讀一點日文：名記者筆下的日本

年中行事 ⑤ 名 一整年的行事曆。指已經變成每年的慣例，在一定的時期進行的儀式、活動或節慶。

すす払い ③ 名 大掃除

新仏 ③ 名 剛下葬不久的亡靈，或是往生後第一次在盂蘭盆節被祭祀的亡靈。

しめなわ ⓪ 名 日本在祭神或是新年掛在門前的稻草繩

クライマックス ④ 名 最高潮。原文為「climax」。

　元日の朝には、年男が若水をくむ。この水で雑煮を作り、家族そろって食べる。子供たちは父親からお年玉をもらい、皆で近所の神社へ初もうでに行き、一年間の吉凶を占ったりする。

　時代により形は変わりつつあるが、「正月」は日本人の中に生き続けている大切な行事である。

211

生活習慣　生活

除夜の鐘 ❶ 名　除夕的鐘聲。除夕午夜12點前後到大年初一間，在佛教寺院敲擊的鐘響。由於含有消除108種煩惱的意義，所以敲108響。

年男 ❸ 名　日本代表一家人處理過年種種儀式的男性，通常為一家之主。另外一種意思為本命年的男子，負責在立春前夕撒豆。

若水 ❷ 名　日本人為了驅邪，在立春或元旦早晨汲取的水

雑煮 ❿ 名　日本人過年時吃的鹹年糕湯

初もうで ❸ 名　日本人在新的一年，首次的神社或寺廟參拜

日本人和新年

從舊的一年到新的一年。新年正是日本一整年行事曆中，最重要的活動吧！據說「所謂的正月，本為迎接祖先神靈的祭祀活動，在盛大舉行之後，漸漸演變至今的節慶」。

若以傳統的角度來看，新年是從12月13日的大掃除開始，一直持續到家裡有往生不久者的掃墓（20日）、然後是門松、稻草繩等等的準備（28日）。在最高潮的除夕（31日），家人會醒著到深夜，等待神明的到訪。接下來會一邊聽著所謂消除108種煩惱的除夕鐘聲，一邊吃跨年蕎麥麵。

在大年初一的早上，會由男性的一家之主汲取新年之水。用這個水做鹹年糕湯，全家聚在一起吃。小孩們會從父親那裡領到紅包，大家一起到家裡附近的神社做新年首次參拜，占卜一整年的吉凶。

隨著時代的不同，形式也漸漸改變，但是「新年」在日本人心中，仍是生生不息的重要的慶典。

▲ 年關一到，日本超市和百貨公司的美食街和便竸相推出各種美味的年菜供民眾選
　購。

日本人的新年

　　自1873年日本改用新曆之後，除了沖繩縣、鹿兒島縣的奄美諸島等地，大部分過的是新曆年。照以往的習俗，12月13日是「すす払い」（年底大掃除），也是「事始め」（開始準備新年）的日子，一般家庭會利用這半個月的時間除舊佈新並準備門松和鏡餅等裝飾與供品來迎接神明。

　　日本人也有守歲的習慣，而且會在除夕夜吃蕎麥麵、喝屠蘇酒以求長生。此外，深夜零時還要傾聽寺廟的「108下鐘聲」（近年來看電視轉播居多）以消除煩惱，並作省思。至於新年期間則是到神社寺廟參拜祈運，抽籤預估流年，或在家享受事先做好的「御節」（年菜）。

　　雖然新年假期是到元月3日，不過要等到元月7日吃了「七草粥」（七草粥）、11日「鏡開き」（開鏡；把鏡餅敲開，以求好兆頭）、15日將門松、草繩送到神社燒掉、恭送神明，整個新年才告圓滿結束。

▲ 章魚燒店打工的青年

日本と台湾でワーキングホリデー制度。
受け付け始まる

日本和台灣之間，打工度假制度開始受理

打工度假因為停留時間較長，活動範圍比一般簽證更廣，

遭遇意外或突發狀況的機會也會更多。

因此在出發前要勤加蒐集當地安全及生活的情報，

出發後也要隨時提高警覺，保護自身的安全。

日本と台湾でワーキングホリデー制度。
受け付け始まる

　2009年6月1日、日本と台湾のワーキングホリデー制度がスタートし、受け付けが始まった。ワーキングホリデーは協定国の若者を対象に、相手の国や文化に対する理解を深めるために始まった制度である。ワーキングホリデービザを取得することで1年間協定国に滞在し、規定の条件下でアルバイトをすることができ「学ぶ、働く」を同時に体験できる。

　2009年6月現在、協定国はオーストラリア、ニュージーランド、カナダ、イギリス、フランス、ドイツ、韓国、アイルランド、デンマーク、台湾。ただビザ申請完了時の年齢は18～30

ワーキングホリデー ⑥ 名 打工度假。認可青年在國外旅行途中，在該國工作的制度。原文為「Working Holiday」。

受け付け ⓪ 名 接受、受理

協定国 ③ 名 協定的國家

滞在し 動 旅居。原形為「滞在する」⓪，意為「旅居、停留」。

渡航する ⓪ 動 出洋、到國外去。

歳と制限がある。この制度を活用して海外に渡航する日本人は増え続けており、2007年は2万941人で過去最高を記録している。

　一方で、十分な能力や下調べもないままに一人で現地に赴いて事故やトラブルに巻き込まれるケースも出はじめているなど、制度本来の目的を達成するにはまだまだ多くの課題も残っている。

下調べ ③ ⓪ 名 預先調查、預習

現地 ① 名 當地、現場、現在或將來住的地方

赴いて 動 前往。原形為「赴く」③，意為「赴、往、趨向」。

トラブル ② 名 麻煩、糾紛、故障。原文為「trouble」。

巻き込まれる 動 被捲入。原形為「巻き込む」③，意為「捲入、牽連」。

日本和台灣之間，打工度假制度開始受理

2009年6月1日，日本和台灣的打工度假制度啟動，並開始受理。打工度假是以協定國的年輕人為對象，為了深入了解對方的國家或文化而開始的制度。如果取得打工度假簽證，就可以在協定的國家居留一年，還可以在規定的條件下打工，同時體驗「學習、工作」。

2009年6月現在，協定的國家是澳洲、紐西蘭、加拿大、英國、法國、德國、韓國、愛爾蘭、丹麥、台灣。但是對簽證申請完成時的年齡，有18到30歲的限制。活用這個制度出國到海外的日本人持續增加中，2007年共2萬941人，破了過去最高記錄。

但是另一方面，也開始出現因為沒有充足的能力、或是沒有事先調查清楚，就這樣一個人到當地，導致發生事故或是捲入糾紛的情況等等——要達到制度本來的目的，還殘留著許許多多的課題。

▲ 2009年正式啟用的日本打工度假制度，可協助資金不足的年輕朋友達
成深入體驗日本的願望。

打工度假制度

　　打工度假制度是基於兩國之間簽訂的互惠協定，提供雙方國家的青年體驗對方文化和日常生活方式的機會，並認可其在規定期限內的休假活動以及停留期間從事打工填補所需費用的制度。

　　目前和我國簽署有相關協定並已生效的國家為紐西蘭、澳洲、日本、加拿大、德國、韓國、英國和愛爾蘭。這種打工度假簽證通常有其限制，例如18歲到30歲的年齡限制（加拿大上限為35歲）、打工類型或工作時間長度的限制、有能力負擔返國交通票券和初期生活費用的資金限制等等。此外，為了保護本國人士就業的權益，也都設有名額的限制。

　　因為停留時間較長，活動範圍比一般簽證更廣，遭遇意外或突發狀況的機會也會更多。因此在出發前一定要勤加蒐集當地有關安全及生活方面的情報，出發後，也要隨時提高警覺，以保護自身的安全。

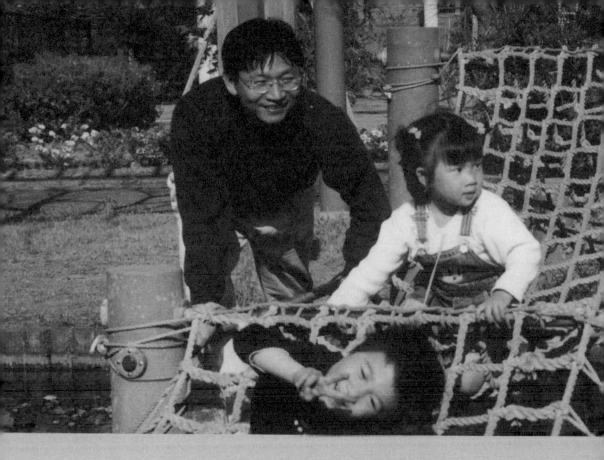

子どもと一緒に泥遊び！
フィールドアスレチックが今熱い！

和孩子一起玩得一身泥！野外運動現在正熱！

野外運動在日本已非常普及，常是家庭休閒或學校遠足的首選。
規模較大的原野樂園會以年齡別、難易度分設不同的行程，
讓人活動身體、訓練膽識。

子どもと一緒に泥遊び！
フィールドアスレチックが今熱い！

　今の子どもが夢中になる遊びといえば、DSやPSPなどの「携帯ゲーム」が一番に挙がるが、外遊びの中にも、一度やったら子どもがたちまち夢中になる遊びがある。それは「フィールドアスレチック」だ。

　木とロープを組み合わせて造られたさまざまな遊具の攻略は、まさに冒険そのもの。うっそうと茂る木々に囲まれ、山あり谷あり池ありのジャングルさながらのコースで、丸太をよじ登ったり、ターザンのようにロープを使って谷を下ったりと、子どもたちは目を輝かせて挑んでいく。

泥遊び ③ 名 用泥巴來玩的遊戲

フィールドアスレチック ⑧ 名 野外運動。原文為「field＋athletics」。

うっそう ⓪ ナ形 鬱鬱蒼蒼、繁茂

よじ登ったり 動 攀登、爬。原形為「よじ登る」④⓪，意為「攀登、爬」。

輝かせて 動 使閃耀。原形為「輝く」③，意為「放光芒、輝煌、燦爛、閃耀」。

　日本一の遊具数を誇る千葉県野田市の清水公園では、回転丸太乗りや池に浮かんだドラム橋に、子どもたちが果敢にアタックしていく。時には落水して豪快な水しぶきを上げても、どの顔も笑顔でいっぱいだ。体と頭を思いきり使って挑むから、チャレンジ精神や達成感も満たされる。

　親子一緒に一日たっぷり遊べるうえ、シャワー完備の施設も多いので安心して思いきり冒険を楽しもう。

アタックして　動　挑戰、攻擊。原形為「アタックする」❷，意為「挑戰、攻擊」。「アタック」❷的原文為「attack」。

水しぶき ❸ 名 飛沫、水花

思いきり ⓪ 副 盡情地

和孩子一起玩得一身泥！
野外運動現在正熱！

若說到當今兒童熱衷的遊戲，雖然第一個被提出的，會是DS或PSP等「攜帶型遊戲機」，但是戶外遊戲裡面，也有只玩一次，兒童就會立刻上癮的遊戲。那就是「野外運動」。

用木頭和繩索組合而成的各式各樣遊樂設施的攻略，真的就是冒險。在被繁茂林木圍繞、有山有谷有池塘、簡直就像叢林的路線裡，或攀登原木、或像泰山一樣用繩索晃下山谷，兒童們眼睛閃耀著光芒前往挑戰。

在以日本遊樂設施最多而引以為傲的千葉縣野田市的清水公園裡，不管是乘坐旋轉圓木，或者是浮在池塘上的滾筒橋，兒童們勇敢地前往挑戰。就算有時候落水，濺起豪放的水花，但不管是哪張臉，皆笑容滿面。由於是盡情地使用身體和頭腦去挑戰，所以也充滿挑戰精神以及成就感。

不但親子可以一起玩滿滿一整天，而且還有很多淋浴設備俱全的設施，所以安心地盡情享受冒險的樂趣吧！

▶ 野外運動在日本非常普及，常是家庭休閒或學校遠足的首選。

野外運動

野外運動是在山野或森林等大自然中，利用圓木、繩索製造的遊具，讓人活動身體、訓練膽識的運動。在台灣，備有這些設施的原野樂園雖不少見，但規模和設計上，多有待加強。

野外運動在日本已非常普及，常是家庭休閒或學校遠足的首選。雖然規模大小難度不一，除了專門的原野樂園之外，很多遊樂區或公園也會附設類似的設備，不必跑很遠，便可享受野外運動的樂趣。

日本規模較大的原野樂園會以年齡別、難易度分設不同的行程，喜歡冒險、刺激的朋友，可選擇難度較高的行程。以擁有100個遊具、規模高居日本之首的清水公園為例，有適合家族同樂的「家庭行程」、需要勇氣和挑戰心的「冒險行程」，以及驚險萬分也最有人氣的「水上行程」，一個不小心，就會掉進池裡，變成落湯雞，難怪會讓人上癮呢。

温泉で日ごろの疲れを癒す

用溫泉治癒平日的疲勞

日本人自古就知道利用溫泉來治傷養病，
古事記、日本書紀、萬葉集等歷史文獻都有記載。
在江戶時代以前，溫泉只有身分地位高的人才能享用，
進入江戶時代之後，才開始普羅大眾。

温泉で日ごろの疲れを癒す

　日本人と温泉の歴史は、江戸時代初期に湯治として始まったといわれている。社団法人民間活力開発機構によると、温泉には人の自然治癒能力を高める効果や日ごろのストレスの解消、食欲増進や快眠が得られるようになる効果があるとされている。

　古くからの温泉地には、風邪を引いたときに、温泉を使ったおかゆを食べて風邪を治すという習慣もある。入浴だけではなく、湯を食べ物に利用するなど、温泉は生活の中にも深く溶け込んでいる。

　また、優れた温泉地には、海や山などの雄大な自然はもとより、その土地の新鮮な食材を使った魅力的な郷土料理もある。

日ごろ ⓪ 名 平常、平日

癒す ② 動 醫治、解除

湯治 ⓪ 名 用溫泉來治病

快眠 ⓪ 名 熟睡、睡得香甜

漫然と、ただ湯につかるだけでなく、こうした土地の伝統や文
化と触れ合い楽しく過ごすことが自然治癒能力を高めることに
もつながるという。

* * *

溶け込んでいる 動 融入著。原形為「溶け込む」 ⓪ ③，意為「溶解、融化、
　融洽、熟識」。

漫然 ⓪ ナ形 漫然、漫不經心

つかる ⓪ 動 浸、泡

触れ合い 動 互相接觸。原形為「触れ合う」③，意為「互相接觸」。

用溫泉治癒平日的疲勞

　　日本人和溫泉的歷史，據說起源於江戶時代初期用溫泉來治病。根據社團法人民間活力開發機構，溫泉被認為有提高人的自然治癒能力的效果，以及有消除平日的壓力、增進食慾、或是能夠熟睡的效果。

　　自古以來就存在的溫泉區，也有在感冒的時候，吃用溫泉煮的粥，來治療感冒的習慣。不僅僅是入浴，還把溫泉水運用在食物上等等，溫泉也深深地融入生活當中。

　　此外，在優良的溫泉區，有海或山等雄偉的自然自不待言，另外還有用當地新鮮食材做成的富有魅力的鄉土料理。據說，漫不經心地，不只是浸泡溫泉，和這樣的土地的傳統或文化互相接觸、快樂地度過，也和提高自然治癒能力有關。

日本的溫泉

日本國土雖僅佔地球陸地的四百分之一，卻聚集了全世界十分之一的火山，雖然地震頻繁，但溫泉也多。據稱散佈在日本全國各地的大小溫泉至少有3,000處以上，而泉質種類之繁，也是世界罕見。再加上日本人喜歡泡澡，也不介意在人前裸露身體，自然而然，日本就成了首屈一指的溫泉大國，溫泉設施的發達，也令海外觀光客神往。

▲ 若有機會造訪日本，一定不要錯過設備齊全、服務週到的溫泉設施。

從很久以前，日本人就知道利用溫泉來治傷養病，除了各種傳說，古事記、日本書紀、萬葉集等歷史文獻也有記載。在江戶時代以前，溫泉只有身分地位高的人才能享用，進入江戶時代之後，才開始普羅大眾。

日本人氣的溫泉地多位居環境優美的大自然中，溫泉的療癒效果也因此更是加分，如果再搭配溫泉旅館令人垂涎的當地料理，的確是人間至高的享受。有道是不泡溫泉等於沒到過日本，有機會到日本一遊的朋友，可千萬不要錯過喔。

國家圖書館出版品預行編目資料

每天讀一點日文：名記者筆下的日本 / 秋山信、林潔珏、王愿琦著
--初版--臺北市：瑞蘭國際,2013.01
240面；17 x 23公分 --（雙語閱讀系列；01）
ISBN：978-986-6567-29-2（平裝）
1.日語 2.讀本

803.189   101025942

■ 雙語閱讀系列 01

每天讀一點日文：
名記者筆下的日本

作者｜秋山信、林潔珏、王愿琦・責任編輯｜呂依臻、王愿琦

封面、版型設計、內文排版｜余佳憓
照片提供｜林潔珏、呂依臻、葉仲芸、王愿琦、李易憲、王立偉
校對｜呂依臻、王愿琦、こんどうともこ・印務｜王彥萍

董事長｜張暖彗・社長兼總編輯｜王愿琦・副總編輯｜呂依臻
副主編｜葉仲芸・編輯｜周羽恩 ・美術編輯｜余佳憓
企畫部主任｜王彥萍・業務部主任｜楊米琪

出版社｜瑞蘭國際有限公司・地址｜台北市大安區安和路一段104號7樓之1
電話｜(02)2700-4625・傳真｜(02)2700-4622・訂購專線｜(02)2700-4625
劃撥帳號｜19914152 瑞蘭國際有限公司・瑞蘭網路書城｜www.genki-japan.com

總經銷｜聯合發行股份有限公司・電話｜(02)2917-8022、2917-8042
傳真｜(02)2915-6275、2915-7212・印刷｜宗祐印刷有限公司
出版日期｜2013年1月初版1刷・定價｜300元・ISBN｜978-986-6567-29-2

瑞蘭國際

瑞蘭國際

瑞蘭國際